BEN BATOR + LAUREN LETO

SMS VON LETZTER NACHT

Das Original!

riva

BEN BATOR + LAUREN LETO

SMS VON LETZTER NACHT

Das Original!

riva

Bibliografische Information der Deutschen Nationalbibliothek:
Die Deutsche Nationalbibliothek verzeichnet diese Publikation in der Deutschen Nationalbibliografie; detaillierte bibliografische Daten sind im Internet über http://d-nb.de abrufbar.

Für Fragen und Anregungen:
SMS@rivaverlag.de

1. Auflage 2012

Nymphenburger Straße 86
D-80636 München
Tel.: 089 651285-0
Fax: 089 652096

Die englische Originalausgabe erschien 2010 bei Gotham Books, einem Imprint der Penguin Group USA, unter dem Titel *Texts from last Night.*

Übersetzung: Egbert Baqué, Berlin
Redaktion: Marion Appelt, Wiesbaden
Umschlaggestaltung: Maria Wittek, München
Umschlagabbildung: Photocase/Prokop
Innenillustrationen: Ben Gibson
Satz: Georg Stadler, München
Druck: CPI – Ebner & Spiegel, Ulm
Printed in Germany

ISBN Print 978-3-86883-255-6
ISBN E-Book (PDF) 978-3-86413-230-8

ANMERKUNG

Euch ist beim ersten Durchblättern sicherlich schon aufgefallen, dass allen SMS in diesem Buch jeweils drei Ziffern voranstehen. Amerikanische Handynummern sind von Festnetznummern nicht zu unterscheiden, denn sie sind nicht wie in Deutschland nach Anbietern verteilt, sondern sind vom Wohnort abhängig und beginnen immer mit der jeweiligen Städtevorwahl. Alle New Yorker Handynummern zum Beispiel fangen demnach mit 631 an.

Für alle, die es noch genauer wissen wollen, gibt es am Ende des Buches das Kapitel „Den Staaten Klischees verpassen“, wo man nicht nur die einzelnen Ländercodes der Staaten herausfinden kann, sondern auch die Klischees und Vorurteile, mit denen die jeweiligen Bundesländer behaftet sind und die durch die von dort gesendeten SMS bestätigt werden.

INHALT

EINLEITUNG

Für alle, die es nicht wissen: Wir riefen TFLN (SMS von letzter Nacht) aus unterschiedlichen Gründen ins Leben, die da wären: Kwame Kilpatrick (ehemaliger Bürgermeister von Detroit, der Sexbotschaften übers Handy verschickte), frühere Affären, die juristische Fakultät, Bars, in denen wir immer wieder die letzten Gäste sind und offene Rechnungen hinterlassen, sowie eine Nacht im Zimmer eines MGM-Hotels.

Vorher hatte man still vor sich hingeheult oder im Freundeskreis über die Missgeschicke und Rohrkrepierer gelacht, die sich ergeben, wenn ein bisschen zu häufig auf »Senden« gegangen wird. Derlei krude Reminiszenzen bevölkerten dann so lange unsere Posteingänge, bis der Speicherplatz ausgereizt war oder wir sie löschten. Jetzt sind sie für alle Zeiten zwischen Buchdeckeln verewigt - zumindest so lange, bis Sarah Palin uns zu Ehren eine Bücherverbrennungs-Party organisiert (die wird kommen, da sind wir uns sicher).

Wir haben unseren Datenbestand von mehr als einer Million SMS gründlich durchforstet und die besten für Euch rausgesucht.

Bis zum nächsten Mal: trinkt weiter, schreibt fleißig SMS und übersteht gut euren Kater.

LL & BB:
UNSERE
LIEBLINGS-
SMS

(LL: MEINE LIEBLINGS-SMS):

(805): bevor ich auch nur sagen konnte, dass ich nicht zu dieser sorte mädels gehöre, war ich's schon.

(770): Wegen mir sind wir aus der bar rausgeschmissen worden, weil mich die kellnerin in der küche erwischte, wie ich versuchte, spaghetti zu machen.

(503): Ich würde gern bei Juwelieren den Zwischenrufer geben.
»Hey Mann, ist sie das wirklich wert?«

(909): Ich hab das Bild einer kackenden Seemöwe rahmen lassen und es bei mir zu Hause aufgehängt. Jetzt warte ich ab, wie lange es dauert, bis einer was merkt.

(BB: MEINE LIEBLINGS-SMS):

(226): die vorhersage für heute abend lautet alkohol, niedriges niveau und schlechte entscheidungen.

(310): Die Reihe vor dir wirkt wie Ente, Ente, Gans – Essstörung, Essstörung, missglückte Essstörung.

(559): er hielt nur drei minuten lang durch, und um ihn zu ärgern, blieb ich über nacht und habe ausgeschlafen.

(214): alter. bin total besoffen.
(972): pete, hier ist die mutter von bryce.
(214): ich kanns nicht erwarten, meinen schwanz in deinen arsch zu stecken.
(972): pete, hier ist immer noch die mutter von bryce.

(262): Hi, hab dieses Telefon bei einem Spiel der Brewers[1] unter meinem Sitz gefunden, und als ich sah, dass du unter »Fillllatio« abgespeichert wurdest, dachte ich mir, ich frag dich einfach mal, ob du den ungebildeten Arsch kennst, dem dieses Telefon gehört.
Danke:)

(574): Ich hab gerade den Vater aus *Little People Big World* am Flughafen gesehen. Ich hab ihn erwischt und ihm gratuliert, dass er es bei der Kontrolle weit über die Promillegrenze geschafft hat.

(484): Hab gerade gehört, wie ein Typ jemandem vom Blowjob vorgeschwärmt hat, den du ihm gegeben hast. Ich bin in New York, mehr als zwei Stunden von dir entfernt. Ich war noch nie stolzer als jetzt.

(614): reiskochen geht so: 1. gib eine beliebige menge reis und wasser in einen topf 2. treibt es auf dem küchenboden. 3. wenn ihr mit dem sex fertig seid, ist der reis gar.

---

1 Bei den Milwaukee Brewers handelt es sich um ein Baseball-Team, Anm. d. Übers.

(904): Als ich fragte, ob sie spucken oder schlucken würde, antwortete sie: »ich hab nie gelernt, wie man spuckt.«

(203): Du bist in der Bar herumstolziert, hast Mädels die Drinks weggesoffen und sie dann gefragt, ob du ihnen einen ausgeben kannst. Das war echt genial.

(214): Sie zieht aus, weil sie aufs College geht. Entsprechend hab ich ihr einen Geschenkekorb mit allem Wesentlichen zusammengestellt. Weißt schon – Ramen-Instantnudeln, ein Zwölferpack Bier, die Pille danach, die ich noch übrig hatte, und eine laminierte Visitenkarte, damit sie einen anständigen Anwalt kriegt. Verdammt, ich bin echt eine gute große Schwester.

(970): es ist mir eine freude, größere titten zu haben als andere.

(817): Marihuana liebe ich mehr als ich ein Baby jemals lieben könnte.

(513): Du hast letzte Nacht einen Barkeeper angebrüllt, weil er dich nicht wie den lieben Gott behandelt hat.

(513): Und ich hab offenbar versucht, das Bier mit einem Tampon zu bezahlen.

(720): Hab gerade meine Jungfräulichkeit verloren und dabei Rick Astley gehört. Bin hin- und hergerissen zwischen Entsetzen und Jubel.

(807): entdeckung: der mythos, dass schwedische mädels richtig gut blasen können? kein mythos.

(412): Ich glaub' ich hab gerade den Beweis dafür gefunden, dass Harry und Ginny Sex miteinander hatten.

(770): kann's nicht glauben, dass du meintest, du würdest perez hilton vögeln.

(1-770): ich sagte paris hilton.

(770): ist ja noch schlimmer.

(215): Bitte komm mir nicht mit Danity Kane-Songzeilen, um deine Gefühle zu beschreiben.

(646): das pärchen von gegenüber wird gleich ficken. besorg popcorn und geselle dich zu uns.

(519): oh, und bring deinen feuerlöscher mit. gleich kommt wieder der postbote.

(612): Ich auch. Ich würde am liebsten den ganzen nächsten Sommer high und besoffen sein und ständig Ponys und Jungs reiten.

(507): Wir mussten auf die Flecken auf Phils Hemd zurückgreifen, um nachzuvollziehen, was gestern Nacht passiert ist.

(602): Ich bin ziemlich sicher, dieser neue »Vibration-Mascara« ist eigentlich ein verkappter Dildo für diejenigen, die sich zu sehr schämen, einen richtigen zu kaufen.

(623): Na ja, dann sehen wenigstens ihre Wimpern schick aus, während sie verschämt masturbieren.

(917): ich hab uns geschenke besorgt. oder 'nen haftbefehl. wir werden sehen!

(202): Ich wollte sie gerade lecken, als ein Schwanz aus ihrer Hose flutschte und mir ans Kinn knallte. Das wird bei mir möglicherweise ein posttraumatisches Belastungssyndrom auslösen wie bei denen, die im Vietnam-Krieg waren.

(561): Ich hab 50 Dollar aus dem Portemonnaie meiner Freundin geklaut, um die Pille danach für meine andere zu bezahlen ... sie wird stinksauer sein.

JUNGSABEND

(918): Vegas, Junggesellenabschied meines Bruders. Gerade gelandet und ich hab schon einen stehen. Kichere vor mich hin und hab Tränen in den Augen, so aufgeregt bin ich.

(978): Höhepunkt der letzten Nacht: Hab sowohl sie als auch ihre Mutter angemacht.

(225): Sollte ich heute sterben, versprich mir, aller Welt zu erzählen, dass ich gefeiert habe wie verrückt ... oh Gott, hab ich gefeiert.

(347): Als die Worte »Ich nehm die Stämmige« aus deinem Mund kamen, wusste ich, dass du ein guter Wingman sein würdest.

(303): Ich muss mich entscheiden zwischen der heißen jungen Blondine, die keinerlei Würgreflex zu haben scheint, und der Brünetten mit einem großartigen Arsch und einem Treuhandfonds.

(908): In diesem Moment wurde den Leuten um mich herum klar, dass ich nicht verhaftet wurde, sondern ins Röhrchen pusten musste. 25 Fremde klatschten stehend Beifall.

(312): Ich weiß noch, dass ich mit zwei Mädels nach Hause gegangen bin. Aufgewacht bin ich mit vier.

(612): zum frühstück werden wir gleich stripperinnen vernaschen. ich liebe mein leben.

(971): Ich hab zwei schwarze x-zeichen auf meinen händen.

(503): Ja, du bist gestern außer gefecht gesetzt worden, nachdem sich eine stripperin vor dir niederbeugte und du ziemlich laut geschrien hast »Ich kann deine Seele von hier aus sehen«

(971): Verdammt, ich wünschte, ich könnte mich daran erinnern ...

(936): Was man sich in Vegas einfängt, bleibt nicht in Vegas ...

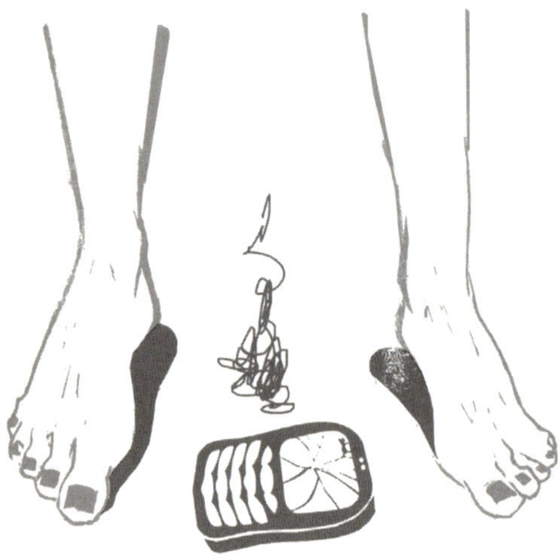

LADIES NIGHT

(253): ich wollte die shorts, die ich trage, bügeln. aber ich bin high und träge. also benutze ich mein glätteeisen. im bett.

(503): Ich sitze neben diesem Typen an der Bar. In meinem Kopf hab ich einen kleinen Song, in dem heißt es »du hast nicht die geringste chance, mir an die wäsche zu gehen«. Wenn er mir noch einen Drink ausgibt, sing ich ihm den vor.

(734): Hab in der Bar einen Typen aus Australien kennengelernt. Ich fragte ihn, wie's denn da unten aussieht, da meinte er, wenn ich mit ihm nach Hause ginge, könnte ich das gerne herausfinden. Ich liebe Australier.

(305): Bin hier wohl die Dünnste. Ich mag diese Leute hier.

(704): Diese Nutten-Schuhe zu tragen war ein Fehler.

(828): stolzester moment: hab gerade dafür gesorgt, dass ein typ wegen des rocks, den ich anhabe, mit offenem mund gegen ein parkendes auto gerannt ist.

(774): Ich kam auf dieser Party gerade in ein Zimmer rein, als jemand rief »Reserviert!« ...

(214): Sex auf Knackfolie = beste Entscheidung ever.

(513): hab ich mir gedacht. ich wachte auf und er spielte mit meinem eyeliner. TOLLE WAHL, DIE ICH IMMER TREFFE.

(512): Ich musste dem Kassierer in der Apotheke gerade erklären, dass die Pille danach und die Dankeskarten, die ich gekauft habe, nichts miteinander zu tun haben.

(423): BRAUCHE UNTERSTÜTZUNG: wir sind in der küche und streiten darüber, wer bei einem kampf gegen lil wayne und snoop dog gewinnen würde.

(630): ist es ekelig, dass meine schamlippen so weit herunterhängen, dass die kerle meine klitoris nicht finden können?

(404): Er war total verwirrt, dass da ein Schnürchen aus meiner Vagina raushing.

(902): Erst heute Morgen stellte ich fest, dass er einen knapp 16 Zentimeter langen RATTENSCHWANZ hatte ...

(919): Das Mädel, mit dem ich gestern nach Hause gegangen bin, hatte Schamhaare bis zum Bauchnabel.

(813): Update: Diskutiere gerade mit meinem Vater über Dessous. Er steht nur auf schwarze Wäsche. Mit dem bunten Zeugs, das ich trage, kann er nichts anfangen.

(949): Mann, du hast dir zu Warcraft einen gewichst. Das wird nie jemand vergessen.

(270): ich bin der matthew mcconaghey dieser party. ich bin zu alt und zu high.

(412): Inzwischen lässt er alle Hemmungen fallen. Als ich gerade unter der Dusche stand, kam er ins Bad und kackte.

(513): wozu hat man eigentlich bidets erfunden? wenn die kacke ins klo plumpst und wasser aufspritzt, ist der arsch doch auch wieder sauber ...

(734): jedes mal, wenn er kam, machte er WHOA. wie joey lawrence. ständig und immer wieder. WHOA. WHOA. WHOA. WHOA.

(+44): Wenn du das nächste Mal nach einer party eine pizza in den ofen schiebst, sorg dafür, dass du dann auch wirklich wach bleibst. Ist Mama – oder der Feuerwehr – sonst nicht so leicht zu erklären.

(703): dann spritzte er auf meinem gesicht ab und sagte anschließend »genau so hab ich mir das vorgestellt«

(1-703): wo findest du solche typen?

(862): ich erlebte gerade einen romantischen augenblick mit meiner freundin. da kam jimmy rein und pinkelte auf den kühlschrank.

(727): Er fragte mich frei heraus, ob ich je das Verlangen verspüre, mir eine Zucchini in den Arsch zu stecken.

(972): 90 % der probleme in deinem leben haben einen direkten bezug zu deiner vagina.

(613): ich weiß aus guter quelle, dass sie längst nicht so gut bläst, wie sie immer behauptet.

(970): Wenn er zu dir zurückkehrt und ich wieder mutterseelenallein bin, werd' ich echt auf dein auto kacken.

(678): Ich hab den Polizeibericht gelesen. Du hast den Bullen gefragt, ob du mal seinen Bord-Computer benutzen kannst, um deine Facebook-Seite zu aktualisieren. Keine Chance, die Trunkenheit am Steuer aus der Welt zu schaffen.

(845): hab in meinem neuen heim gekotzt. jetzt bin ich hier wirklich zu hause.

(442): die fingerei scheint noch heftiger zu sein, wenn man statt vorne zwei und hinten einen zwei hinten reinsteckt.

Triff deine eigenen falschen Entscheidungen.

(313):
Party in der Bar oder zu Hause?

(248): Haus-Party.

(248): hocke in einem kinderplanschbecken, high, ein fass bier in reichweite. Wenn ich jetzt noch ein sandwich hätte und einen geblasen bekäme, wär dies der schönste tag, den ich je erlebt habe.

(517):
Hey Süße, Lust auf ein Treffen?

(248): Nein.

(248): Ja.

(248): Mach mit den Schweinereien auf den nächsten Seiten weiter.

(248): Du bist ein

Loser.

(248) Ich glaub', ich hab letzte nacht 'nen lebenden goldfisch gegessen. den hab ich in einem kinderplanschbecken mit der hand gefangen. Nur einen, nicht drei ... hab echt magenschmerzen.

(248): Bar.

(313): Wie kann man zwei langweiligen Weibern bloß Wasser in Schnapsgläsern ausgeben? ALBERN. Wollt ihr 'nen richtigen Schnaps?

ANTWORT DARAUF IST IMMER JA.

(773): Ist es wahr, dass Jungs ihre Schwänze im Waschbecken waschen, wenn sie meinen, sie würden in einer Bar aufgerissen werden?

(248): Na ja, ist eher ein Abspülen.

(248): Hatte meinen Penis schon rausgezogen, als ich noch gar nicht auf der Toilette angekommen war, da hat mich ein Typ rausgeschmissen.

ES SEI DENN, DASS.

(248): Ich kann diesen Schnaps nicht kippen, damit mir mein Ständer erhalten bleibt.

Anmachplan.

(248): Ich treffe das Mädel.

(313): Sag beim Sex mal meinen Namen, einfach nur um sie anzuregen. Mag es, wenn's härter zugeht.

(609): Kippst du noch 'nen Schnaps, bevor er vorbeikommt?

FALLS NEIN.

(313): Wie läuft's?

(284): Simse dir, während ich einen geblasen kriege. Sie denkt, ich gucke gelangweilt. Großartig.

FALLS JA.

(517): und dann hab ich mir praktisch das ganze gehirn ausgekotzt. war heftig. er hielt mich aufrecht, so konnte ich mir die zähne putzen. dann machten wir uns daran, die nächsten vier stunden weiter zu vögeln.

(609): er ist der mann fürs leben.

(248): sie watschelte einfach die treppen hinter mir runter, kotzte und griff nach mir, aber ich versuchte, das zu verhindern. bin ich deshalb ein schlechter mensch?

IST
HALT
PASSIERT

(541): Du hast mir gesagt, das würde nicht passieren, wenn wir vorher eine Darmspülung machen.

(240): hab hausverbot im zoo.

(301): schon wieder?

(571): Hab einen geblasen gekriegt und im hintergrund lief die sportschau.

(202): Da na na, na na naa.

(860): Was haben wir letzte Nacht gemacht, das Gelb war?

(915): entweder hab ich eine achtzehnjährige gekauft oder ich bin mit ihr verlobt ... bin mir nicht ganz sicher.

(310): meine mutter kam reinspaziert, als ich Twilight las und wild dazu masturbierte. brauch wohl nicht zu sagen, dass ich jetzt offiziell geoutet bin.

(650): Nur zu deiner Information: Ich hab all deine Laken und Decken mit Gifteiche eingerieben. Wir werden also (in ungefähr einem Tag) alle wissen, mit wem du gevögelt hast.

(516): der polizist blickte auf meine kotze und meinte »milch war keine gute wahl«

(313): da wachte ich neben ihrem achtjährigen auf, der eine schale müsli wollte ...

(310): begreif mal, was das bedeutet. ich hab gerade margarita-törtchen gebacken.

(631): bin nackt aufgewacht, an eine weinflasche gekuschelt ... und mein video-chat lief immer noch. verdammt, nicht schon wieder.

(908): ein krankenwagen fuhr gerade vorbei und es lief *what is love?* fahrer und insasse nickten beide mit den köpfen.

(303): im mini-markt. kondom und gleitmittel fallen auf den boden. Ich kriegs nicht mit. alte dame tippt mir auf die schulter, um mich darauf aufmerksam zu machen. alle glotzen. JA. das ist gerade passiert.

(506): trank zwei bier, als ich während der mittagspause zu hause auf dem klo war. neuer höhepunkt oder neues tief, bin mir nicht sicher.

(416): Ich glaube, meine Gefühlsschwankungen haben einen neuen Tiefpunkt erreicht. Während ich mein Tampon wechselte, hab ich die ganze Zeit geheult.

(650): hatte gerade einen super-heftigen streit im suff, wer von der band blink-182 der reizvollste zum ficken wäre. bin so ausgerastet, dass ich das zimmer verlassen musste. neuer tiefpunkt.

(909): Neuer Tiefpunkt am College. Haben gerade ein Schnapsglas aus 'ner Kartoffel geschnitzt.

(734): Schwule Scheiße. Hab neuen Tiefpunkt erreicht und beim Kacken ein Schläfchen gemacht. Bin mitten beim Scheißen auf dem Klo eingepennt.

(704): und dann bin ich mit ketchup und 'ner klebrigen titte auf meinem gesicht aufgewacht ... das ist ein neuer tiefpunkt.

(650): Hab gerade ein wenig Whisky mit Küchenkrepp aufgewischt, es dann zum Trinken über einer Tasse ausgewrungen. Neuer Tiefpunkt.

(914): jetzt, da ich richtig wach bin, stelle ich fest, dass meine unterwäsche an der seite völlig zerrissen ist, ich meine shorts falsch herum anhab und mir die pille danach besorgen muss ... die letzte nacht würde ich als totalausfall oder erfolg bezeichnen, je nachdem, wie katholisch ich mich fühle.

(301): wissen mädchen eigentlich, dass die besten latten morgens stehen?

(732): eines der mädchen trug jeans-unterwäsche. ich hasse amerika.

(304): einem kunden sein iphone ins gesicht zu knallen gehörte offensichtlich nicht zu dem Wow-Faktor, den wir in der schulung gelernt haben ...

(901): grandioser sex! aber jetzt geht die keilerei los, wer auf dem feuchten fleck schlafen muss.

(440): ich bin zum gynäkologen, da meinten die zu mir, »sie sind der lustigste mensch, den wir je hier hatten«, und ich dachte nur »genau deshalb bin ich hier!«

(952): Stimmt, du bist mit einem Golfwagen rausgefahren worden, aber nicht weil du jemand Besonderes bist. Du warst so sturzbesoffen, dass du allen möglichen Golfspielern, die gerade zum Schlag ausholten, ›Tiger‹ zugebrüllt hast.

(925): du hast zu ihr gesagt, du hoffst, sie sei rechtsanwältin, denn sie wäre zu hässlich für einen »hübsche-menschen-job«.

(908): Nicht weit von mir sitzt ein Typ mit einem T-Shirt, auf dem steht »Wenn du glücklich bist und es weißt, pack mich am Schwanz«. Ich bin glücklich – soll ich's tun?

(208): er meinte, wenn ich sex mit ihm hätte, würde es ihm in seiner ehe helfen.

(281): War alles nachvollziehbar – bis du zu heulen anfingst, weil du das Maskottchen aus dem Kinderfernsehen vermisst hast.

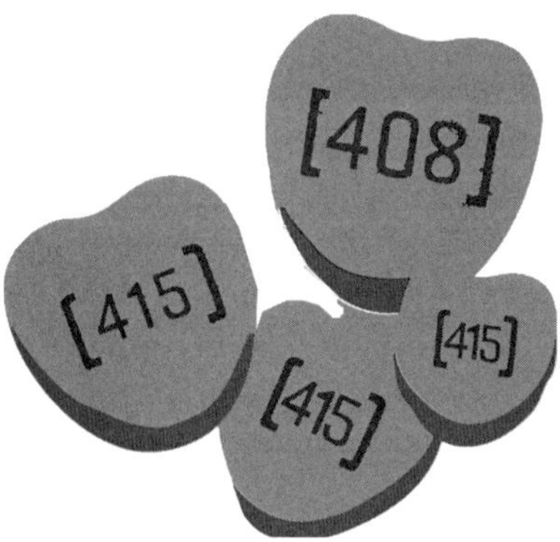

TRINKSPIELE

(512): Spielte gestern Nacht das *Herr der Ringe*-Trinkspiel. Rannte schließlich in Boxershorts über die Parkplätze bei Ross' Haus und brüllte »Für Frodo«.

(505): Mein Trinkspruch lautete »auf dass wir positiv gestimmt sind und negativ getestet werden ... Prost!« ... und als diese Tusse daraufhin in ihren Schnaps prustete, wusste jeder ... ist 'ne Schlampe.

(773): hab aus der kochsendung mit ina garten ein trinkspiel gemacht. jedes mal, wenn sie ein messer, butter oder salz benutzt, trinke ich.

(503): spiele mit meinen eltern scrabble und könnte die partie klar gewinnen, aber dazu müsste ich das wort »möse« legen und das bring ich einfach nicht fertig.

(315): neues spiel: kipp jedes mal einen, wenn du am strand jemanden mit arschgeweih siehst, einen doppelten, wenn du das arschgeweih erahnst, bevor du es gesehen hast, und einen dreifachen auf ein arschgeweih bei männern.

(315): warnung: wenn man's in ocean city oder sonstwo in new jersey spielt, sind blackouts vorprogrammiert.

(908): wir kippen jedes mal einen, wenn mein hund an seinem penis leckt. haben inzwischen den achten intus.

(1-908): wärst du doch bloß abgetrieben worden.

(517): trink jedes mal einen, wenn du von den red wings[2] enttäuscht bist.

(802): letzte nacht hab ich über die gelben seiten versucht, britney spears zu kontaktieren.

(917): hast das geld sinnvoll ausgegeben.

(480): der idiot hat auf facebook »in einer beziehungsscheiße« gepostet ... hat doch alles keinen sinn.

(206): mitzukriegen, wie du den loswirst, wird sehr unterhaltsam ...

(815): jemand nannte mich shannon dorrhety unnnd das hat mich tief gedroffen.

(972): Furzen, wenn man nur zu zweit ist, bringt nichts. Man braucht einen Dritten, dem man es in die Schuhe schieben kann.

(212): War 'ne tolle Nacht, hab alles umsonst gekriegt.

(914): Die besten Nächte kosten nie was, abgesehen von Würde.

(941): meinst du, wir kriegen von doubletree[3] das Geld für unser Zimmer zurück, wenn wir denen freundlich erklären, dass wir es alle woanders getrieben haben?

---

2 Bei den Detroit Red Wings handelt es sich um ein Eishockeyteam, Anm. d. Übers.

3 Doubletree ist eine US-amerikanische Hotelkette, Anm. d. Übers.

(248): Hab gerade einen Sechsjährigen beim Brettspiel geschlagen ... und ich bin stolz auf mich.

(360): Ich wünschte, ich könnte meinen Toaster wie die im zweiten *Ghostbusters*-Film tanzen lassen. Aber ich hab keine ektoplasmische Knete. Und auch keinen Toaster.

(412): Hab gerade gesehen, wie eine ältere Dame in einem Giant Eagle-Supermarkt Magnum-Kondome kaufte.
(1-412): Hast du applaudiert?

(802): hast du ein problem damit, dass ich praktisch millionen deiner ungeborenen kinder geschluckt habe.
(1-802): ich versuche gerade, nicht darüber nachzudenken.
(802): und ausgeschissen hab ich sie auch wieder.

(850): Anscheinend saß ich letzte Nacht an der Bar, einen mit einem Edding falsch herum gezeichneten Blitz auf der Stirn und brüllte »Heute hat Harry Potter Geburtstag! Nehmt mich ins Quidditch-Team!« Und den Barkeeper hab ich dauernd Dobby genannt. Es gibt Videos davon.

(616): Sieht so aus, als hätte ich nichts Besseres zu tun, als mich auf dem Flughafen von Denver nach einem stillen Örtchen umzusehen und mir die Schamhaare zu stutzen.

(630): meg ryan würde ich die kacke aus dem arsch lecken.

(712): Beweglicher duschkopf + gerard butler, der *music of the night* singt + wein = fantastisch.

(610): falls du auf dem dachboden eine aufblasbare joe biden-puppe findest, die ist für mich.

(845): Ich hab gerade beschlossen, dass Franzosen nicht wissen/verstehen, was sie einander sagen.

(314): Ja. Bei Joey, aber er sagte, wenn du kommst, wird er dich in seinem Keller mit dem Speer aufspießen.

(289): ich erklärte ihr, dass Beatrice, der joghurt, die witwe von Tim Horton war. und sie glaubte mir.

(714): Ja, ich hab ihm die Eier geleckt. Sie schmeckten wie Wiener Würstchen mit Sauce tatare.

(1-714): HIER IST DEIN BRUDER. Ich glaub' ich brauch 'ne Therapie.

(609): Der zweite Vorname unserer Tochter wird Sangria sein. Versuch nicht, mir das auszureden.

(1-609): Dafür hab ich im Moment nicht den Kopf.

(609): CECELIA SANGRIA IST EIN WUNDERSCHÖNER NAME.

(808): ’Tschuldigung, Kumpel, vergib mir. Bin schon wieder mit deiner Zahnbürste zugange. An meinem Penis.

(519): und dann, sagte sie, hätte ich mit meinem Sperma eine Linie auf ihrer Stirn gezogen und »Simba« geflüstert.

(608): du hast gesagt, du wärst peter pan und ich wäre tinker bell und du müsstest an was schönes denken, dann hast du deine arme ausgebreitet und gedacht, wir würden fliegen, während das taxi fuhr.

(212): Bin in einer U-Bahnstation und gucke zu, wie sich eine Transe Make-up auflegt. Das ist, als würde man der Geburt eines Einhorns beiwohnen.

(951): wer sind die dämonen, die dafür sorgen, dass weiterhin *immer wieder jim* gezeigt wird?

(214): Ich fühle mich wie eine Superheldin. Soll ich meine neuen Titten für gute oder für böse Zwecke einsetzen?

(269): Mir hat nie jemand gesagt, dass ich beim Oralsex auch ihr Pissloch lecken muss!

(814): Vielleicht steckt sie sich den Schwanz ja jedes Mal, wenn du sie nackt siehst, zwischen die Beine.

(212): Ich weiß, sie ist das Mädchen meiner Träume, denn nachdem sie ihren Orgasmus hatte, drehte sie sich um und fragte, ob ich wüsste, dass Orlando gegen Cleveland gewonnen hat.

MEINST DU ...
?!

(612): Meinst du, der Elefantenmensch hat je versucht, Mädchen anzubaggern, indem er behauptet hat, all seine Gliedmaßen hätten Elefantengröße?

(762): Glaubst du, die Wirkung meines neuen Zahnbleichmittels hält vor, während ich ihm einen blase? Wäre toll, zwei Fliegen mit einer Klappe zu schlagen ...

(818): Und dann öffnete ich, nur mit Unterwäsche bekleidet, die Tür, weil ich dachte, mein Freund hätte geklingelt. Stattdessen standen da zwei Mormonen-Missionare. Meinst du, das war ein Zeichen Gottes?

(201): Hältst du es für möglich, dass Gott Mädchen während ihrer Periode zur Warnung reizlos wirken lässt?

(608): Glaubst du, dass Leute keine Hipster mehr sind, sobald sie nackt sind? Meine Untersuchungen haben nämlich genau das ergeben.

(805): Meinst du, es gibt Glücksbärchi-Kostüme für Katzen?

(732): Philosophische Frage: Wie viele Blocks sollte ich vom Büro entfernt sein, um einen Cocktail beim Mittagessen bestellen zu können? PS – erinnere mich daran, dass ich dir von meinem linken Nippel erzähle.

(256): hast du je darüber nachgedacht, ob der dollar in deiner brieftasche schon mal zwischen den arschbacken einer stripperin gesteckt hat?

(603): Meinst du, Gott würde dafür sorgen, dass ich sie regelmäßig ficken kann, wenn ich verspreche, mich für den Rest meines Lebens anständig zu benehmen?

(404): Mein Telefon kannte das Wort »Gewissen« nicht. Glaubst du, das hat irgendwas zu bedeuten?

(620): Glaubst du, es gibt noch einen Menschen auf dieser Welt, der noch nie auf dem Stuhl vor seinem Rechner masturbiert hat?

(402): Die Bar schließt und ich verstecke mich im Klo. Meinst du, irgendjemand entdeckt mich?

(216): der faden meines tampons steckt in meinem arschloch ... meinst du, ich könnt' ihn rausfummeln, ohne dass es jemand merkt?

(1-216): ich würde erst mal aus der bar rausgehen.

(985): Meinst du nicht, dass Facebook mit dem Vermitteln von Freunden und dem ganzen Kram ein bisschen anmaßend ist? Nein, Facebook, mit einem Mädchen, mit dessen Verlobtem ich im Bett war, will ich NICHT befreundet sein.

(410): Glaubst du, sie lassen mich von der Arbeit nach Hause gehen, wenn ich Bleichmittel trinke?

(515): Meinst du, Capital One würde mir gestatten, das TubGirl-Foto auf meine Kreditkarte zu packen?

(847): ich war schneller.

(818): glaubst du, pornostars masturbieren zu ihren eigenen videos?

(304): Meinst du, dass fettleibige Schwule Tittenfick machen?

(1-304): Seit mehr als einem Monat hab ich nichts mehr von dir gehört – und dann kommst du mir mit so was?

(772): Wenn man Sex in einem Flugzeug hatte, wird man Mitglied in einem Club, der Mile High Club heißt. Wie hieße wohl der Club derer, die in einem Greyhound-Bus eine gerade gefeuerte Stripperin gevögelt haben?

(812): Ist es seltsam, dass ich jedes Mal, wenn ich *Make Em' Say Uhh!* von Master P höre, an Ennis aus *Brokeback Mountain* denke? »Ich brauch deine Kohle nicht. Huh.« NA NA NA NAAA.

(613): ich weiß nur, dass es ein feuergefecht gibt, wenn ich nicht sofort *spice world* gucke.

(480): Die Produzenten von *Marley and Me* schulden mir rund 5 Millionen Dollar. Diese Summe ist fällig, um einen 24-jährigen, erwachsenen Mann für die Peinlichkeit zu entschädigen, ihn in einem Flugzeug zum Weinen gebracht zu haben, während er zwischen einem hinreißenden Luder und einem Typen mit Haarnetz auf dem Kopf saß.

BEZIEHUNGS-
ZEITACHSE

. . . .

Erste Begegnung

(414): hey, wir haben gerade im garten rumgemacht. bin jetzt drinnen, und du solltest ins bad kommen und mich dort treffen.

. . . .

Erste gemeinsame Nacht

(517): er gestand mir seine liebe, kotzte auf mein kissen und schlief dann auf eben diesem kissen ein. hab ihn gestern abend kennengelernt.

(231): besser als letztes wochenende. es geht aufwärts bei dir.

. . . .

Erste Verabredung

(516): Vergiss nicht: der Scherz, »Kondome sind nur dazu da, um aufblasbare Tiere zu basteln«, kommt beim ersten Date zu früh.

....

Erste Auseinandersetzung

(845): vielleicht wäre sie letzte nacht ja nicht gegangen, wenn du bei deinem orgasmus nicht »buh duh duh duh da du da dett is alles, leute« gebrüllt hättest.

....

Erstes Nachlassen

(719): hab gerade den ersten furz in meiner beziehung überlebt.

....

Die erste Begegnung mit den Eltern

(770): Hab gerade seine Mutter vollgekotzt.

(404): Du hast ihm gesagt, dass du zu betrunken bist, um seine Eltern kennenzulernen. Ganz allein seine Schuld.

Erstes Anzeichen für eine länger andauernde Beziehung

(662): Ich kann's nicht glauben, dass du auf ihr Gesicht abgespritzt hast.

(1-662): Ich finde, in jeder längeren Beziehung sollte wenigstens einmal 'ne dicke, fette Ladung genau zwischen den Augen landen.

Erstes Zerwürfnis

(773): Hab aus Versehen mit ihm Schluss gemacht, als ich betrunken war, und das ist echt zu schade, denn gerade hab ich die Spirale verschrieben bekommen, jetzt könnten wir also mit Sex loslegen.

(773): Meinst du, er würde mich zurücknehmen, wenn ich sagen würde, »Oh Mann, wir müssen es noch einmal miteinander versuchen oder diese Spirale kriegt eine Existenzkrise, weil sie ihr Potenzial nicht voll ausschöpfen kann«?

. . . .

Erste Versöhnung

(630): aber das ist passiert, nachdem du mit mir schluss gemacht hast und bevor wir uns wieder versöhnt haben.

. . . .

Zweites Zerwürfnis

(503): er hat mit mir schluss gemacht, also hab ich in sein bett gepinkelt.

. . . .

Erste Reaktion

(415): JACOB UND DIE HÄSSLICHE HABEN SICH GETRENNT.

. . . .

Das erste Wiedersehen danach

(803): Es war schön, dich heute Abend mal wiederzusehen, und ich bin froh, dass es freundlich zwischen uns zuging.

(912): »Arschgesicht«, »Höllenschlampe« und »Deppennutte« waren die Bezeichnungen, mit denen man dich an unserem Tisch bedacht hat. Es war auch toll, dich wiederzusehen.

(704): Kennst du den Kompass von Jack Sparrow? Das Ding, das immer genau auf das zeigt, was man gerade will? Das kommt meinem moralischen Kompass ziemlich nahe.

(570): Sie ist praktisch die weibliche Entsprechung des Typs in *Memento*. Kaum haben wir Sex miteinander, vergisst sie wieder, was für ein Arschloch ich bin.

(212): Hab gerade *Juno* gesehen. Ich wünschte, ich wäre auf der Highschool und schwanger.

(850): Es war gar nicht so schlecht, bis er mitten beim Ficken anfing, die Titelmelodie von *Rocky* zu summen.

(219): Gemeinnützige Arbeit ist wie *The Breakfast Club* ... nur dass wir alle Kriminelle sind.

(202): ich versuchte, sie nach und nach in mein zimmer zu lotsen, aber sie hörte nicht auf zu heulen und *erinnerungen einer geisha* zu zitieren.

(603): Ist es nicht ein bisschen bizarr, dass ich einen absonderlichen Drang nach Sex verspüre, während im Hintergrund der Titelsong zu *Fluch der Karibik* dudelt?

(540): was hast du gegen ST.

(1-540): KÜRZ NICHT AB ALS WÄRST DU MIT STAR TREK BEFREUNDET.

(828): Allzeit-Tief ... hab gerade einen Strip zur Titelmelodie von *Law & Order* hingelegt.

(616): dieses mädchen sieht aus wie das weibliche pendant zu brooke hogan.

(703): Bitte teile mir doch mit, wie beschämt ich sein müsste, wenn mich schon eine Vorschau auf *Harry Potter und der Halbblutprinz* sexuell erregen würde.

(859): Was ich an *To Catch a Predator* (Tatort Internet) einfach nicht begreife – wer, verdammt, treibt sich denn heute noch in Chatrooms rum?

(780): *Girls gone wild* ist wie *The Hills*, nur sexy und nicht langweilig.

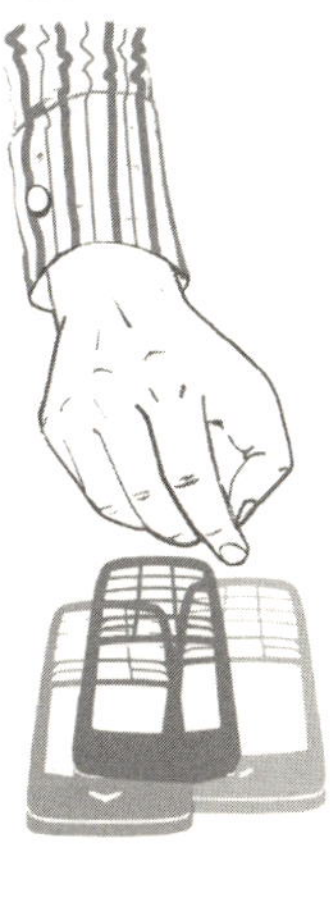

AUSWÄRTS
FUTTERN

(630): am 8. tag erfand er den big mac, am 9. knallbrause, am 10. tag titten.

(217): hab gerade »wann macht taco bell auf« gegoogelt.

(619): bekifft im jack in the box[4] geht nicht mehr. mach jetzt schon die dritte nacht durch.

(706): für taco bell würde ich ein kind schlagen.

(918): Hab gerade gesehen, wie ein Polizist sein Blaulicht anschaltete, um bei Rot über eine Ampel fahren zu können – mit einem Mal schaltete er es ab und ging zu Sonic[5]...

(919): Musste gerade bei einem Starbucks rechts ran fahren, weil ich zum Kotzen ein Klo brauchte. Man hätte mir echt nicht erlauben dürfen, Anwalt zu werden.

(573): ich verließ die bar kurz nach dir und krachte schließlich mit meinem auto an den serviceschalter eines arby's[6]

(404): Ein kleines Mädchen und ich wetteifern bei McDonald's im Grimassenschneiden.

(404): Die Kleine fing damit an, aber ich hab gewonnen.

---

4 Bei Jack in the Box handelt es sich um eine Fast-Food-Kette, Anm. d. Übers.

5 Bei Sonic handelt es sich um eine Fast-Food-Kette Anm. d. Übers.

6 Bei Arby's handelt es sich um eine Fast-Food-Kette, Anm. d. Übers.

(847): hab mich gerade im waschbecken in Arby's geduscht.

(301): ist es ein schlechtes zeichen, dass die kassiererin im chick-fil-a[7] »bis morgen!« rief, als ich wegfuhr?

(704): erst spielen wir fifa und fahren dann ins chuck e cheese's[8].

(919): Wenn das ein Scherz ist, bin ich enttäuscht.

(405): **Diese Arschlöcher beim McDonald's-Drive-in wollten uns gestern Abend nicht bedienen, obwohl wir ihnen sagten, wir säßen auf Motorrädern, die so klein sind, dass sie die nicht sehen können, und zu leicht, als dass die Sensoren darauf reagieren würden. Wir haben sogar entsprechend Lärm und so gemacht.**

(334): du hättest diese kleine asiatische lady sehen müssen, wie sie das zeugs aus dem saucenspender bei arby's rauspumpte. Es war heiß, sie lächelte dabei und fuhr total drauf ab. sie war echt alt und geil.

(937): Meine Achselhöhlen riechen schon wieder wie Big Macs. Ich glaub', ich brauch' ein neues Deo.

(818): Hab eben im Wendy's[9] eine Nutte gesehen, die lauthals für öffentliches Urinieren plädierte und sich vordrängelte, während sie irgendwas

---

7 Bei Chick-fil-A handelt es sich um eine Fast-Food-Kette Anm. d. Übers.

8 Bei Chuck E. Cheese's handelt es sich um eine Fast-Food-Kette Anm. d. Übers.

9 Bei Wendy's handelt es sich um eine Fast-Food-Kette Anm. d. Übers.

von einem »weißen Teufel« murmelte. Ich wollte was sagen, aber gegen die wär ich nicht angekommen.

(407): Auf der Autobahn während der Fahrt in einen Burger-King-Becher zu pinkeln = sehr viel einfacher, als ich dachte.

(250): Höre *Transmission* von The Tea Party, einen Song von '97 oder so, und enthaare mir die Beine. Verdammt, was bin ich für 'ne geile Type, wenn ich allein bin.

BETRÜGER

(843): die rothaarige hat einen freund.
(1-843): dass es einen torwart gibt, heißt ja noch lange nicht, dass du keinen treffer landen kannst.

(904): ich spazier da jetzt mit meinem fröhlichen arsch rein und bleibe so lange, bis er seine freundin betrügt!

(808): Das Ulkige daran, dass meine Frau mich betrügt, ist, dass der Kerl jetzt vermutlich Genitalwarzen hat. Cool.

(434): betrügst du mich?
(1-434): wenn ich das täte, würde ich versuchen, was besseres zu finden, süße.

(510): Die Party heut Abend hat kein Motto, aber ich hab beschlossen, als Partnerschaftszerstörer hinzugehen.

(757): der typ hat mich nach meiner telefonnummer gefragt, hatte aber keinen zettel, also notierte er sie auf seiner hand – da stand schon das wort »windeln« drauf.

(314): Ich hab ihm versehentlich gesagt, dass ich ihn gestern Nacht mit seinem Bruder betrogen habe.

(540): Damit er nicht aufwacht, bin ich gerade aus einem Fenster im zweiten

Stock geklettert und hab dafür ein Laken und seine Klamotten zu einem Strick zusammengebunden.

(540): Ich bin ja so froh, dass ich als Kind *MacGyver* geguckt hab.

(678): wieso bin ich heute morgen mit einem jungen kerl namens raphael in meinem bett aufgewacht?

(770) keine ahnung, aber du hast letzte nacht angerufen und mir erzählt, du hättest den letzten ninja turtle gefunden.

(803): bin gerade auf dem weg zu meinem »hab jetzt college-abschluss, kein geld, keinen job und keine ahnung, was ich tun soll«-Besäufnis.

(830): Wenn ich Danny Tanner wäre, meine Frau gestorben wäre und mich mit drei Kindern zurückgelassen hätte, würde ich lieber ein Kindermädchen engagieren als den sexuell promisken Onkel mit einem Fetisch für Leder und Rebellion und meinen offensichtlich psychisch kranken (vermutlich schwulen) besten Freund Joey, der nie eine Freundin hatte und in einem fort mit einer Stimme wie von Zeichentrickfiguren redet ... ein Kindermädchen ist schlicht die bessere Wahl.

(202): da gibt's stripperinnen und cola, stimmt's?
(703): keine stripperinnen. nur cola.
(202): ich hasse diese beschissene rezession.

(818): bei dieser rezession einen job zu suchen ist wie der versuch, die klitoris zu finden. ich bin im arsch.

(949): Alter, konntest du dich noch an die Sumpfkreatur erinnern, mit der du gestern zugange warst?
(1-949): Wir leben in 'ner Rezession, Mann.

(301): Mit einem Ron-Weasley-Akzent sagte ich dauernd »Verdammte Scheiße«, bis ich mir selbst nachdrücklich befahl, das Maul zu halten.

(708): Mich beschlich das Gefühl, als hätten wir Sex in der Sendung *Ultimate Fighter*, und die Leute um uns herum würden ELLBOGEN ELLBOGEN! KNIE KNIE! brüllen.

(619): Ich glaub', ich hätte Lust, die Rothaarige aus *Harry Potter* zu vögeln.
(1-619): Du hast mir gerade buchstäblich eine Gänsehaut verschafft.

(864): gras, chlor und sieg. mein bett riecht, als hätte ich sex mit michael phelps gehabt.

(847): Und Gott sagte, »Es soll *Twilight* geben«, und es ward so.
(1-847): Ich sollte dir eine verpassen.

(859): er fragte mich, ob ich wüsste, was ein blumpkin[10] ist … ich hätte besser nicht einwilligen sollen, es herauszufinden, bevor er es mir erklärt hatte.

(720): Es war echt peinlich, bis wir feststellten, dass wir beide auf Harry Potter und Sangria abfahren. Jetzt sind wir verliebt.

(920): Du solltest endlich mal erwachsen werden und aufhören, mir was über Romanfiguren zu simsen. Das geht mir am Arsch vorbei.

(303): Vielleicht würde ich sie mehr mögen, wenn nicht 99 % ihrer Sätze mit »Gestern, als ich *Twilight* las …« anfangen würden.

(410): er ist nackt. in. meinem. bett. glücklichster tag. in meinem. LEBEN.

(970): Du hast mir erzählt, du würdest ihn heiraten, Kinder von ihm bekommen und sie alle Spänchen nennen.

(917): Mein Milchshake lockt 85 bis 90 Prozent der Jungs in meinen Vorgarten.

(917): Ich sitze mal wieder an einem Sonntagmorgen um acht beim Trinken und trage mein Balletträckchen. Dieses Bekleidungsstück ist so ziemlich die beste Anschaffung, die ich je getätigt habe.

---

10 Blumpkin bedeutet, einen geblasen zu bekommen, während man sein großes Geschäft verrichtet, Anm. d. Übers.

(360): Ich hab also kein einziges Möbelstück, aber wir skateboarden einfach besoffen über den Fußboden.

(631): Selbst wenn Morgan Freeman dein Sexleben schildern würde, es ginge mir immer noch am Arsch vorbei.

(803): Ich wette, der erste Höhlenmensch, der ein Feuer entzündete, hatte Mösen im Überfluss.

(818): Es geht ums Produzieren von Erinnerungen, die es wert sind, unterdrückt zu werden.

(508): Macht mir doch nicht alle den zögerlichen Obama. Zieht es durch wie George Bush. Nachdenken ist was für den Morgen danach.

(239): Ich wünschte, ich könnte mal mit den Muppets LSD einwerfen.

(870): Ich raff es nicht.
(501): Ich auch nicht.
(501): Aber ich hab trotzdem dazu masturbiert.

(702): Ich wünschte, wir könnten die Zeit zurückdrehen und unsere besten, jemals gelassenen Fürze wiederfinden.

(604): es war wunderschön und magisch, wie wenn sich eine heiße braut an die eigenen titten fasst und dich anlächelt.

(484): Ich hab einfach nur auf Songzeilen von John Mayer zurückgegriffen, prompt hat's mit dem Sex geklappt.

(301): ich will in eigenproduktion ein sexvideo in sepia drehen und vorgeben, es spiele sich im frühen 20. Jhdt. ab.

(262): Ich bin verlobt.

(262): Mit einem Mädchen, dem ich im richtigen Leben begegnet bin.

TODESFÄLLE
VON GESTERN
NACHT

NATASHA RICHARDSON (11. MAI 1963 – 18. MÄRZ 2009):

(512): Ich hab mir gestern Nacht, als ich um 04.30 besoffen geschwommen bin, so heftig den Kopf gestoßen, dass ich dachte, ich würde wie Natasha Richardson im Schlaf sterben. Ich bin sogar so weit gegangen, eine Nachricht zu hinterlassen, die lautete »MUM KRIEGT ALLES«. Ich entdeckte mein »Testament« auf einer mit Easy Mac-Käsesauce bekleckerten Serviette, auf der auch noch Salami-Würfel lagen. Gestern Abend hast du echt was verpasst.

DAVID CARRADINE (8. DEZEMBER 1936 – 3. JUNI 2009):

(312): in der büroumfrage meinen immer noch 100%, dass Spencer Pratt beunruhigender ist als David Carradines Tod.

ED MCMAHON (6. MÄRZ 1923 – 23. JUNI 2009):

(570): Ich werd' heut Abend den Ed McMahon machen.

(610): Was?

(570): Ich werde all mein Geld ausgeben und sterben ... zu früh?

FARRAH FAWCETT (2. FEBRUAR 1947 – 25. JUNI 2009) UND MICHAEL JACKSON (29. AUGUST 1958 – 25. JUNI 2009):

(325): Ich wette, farrah fawcett streitet sich im himmel mit michael jackson, weil er ihr die schau gestohlen hat.

BILLY MAYS (20. JULI 1958 – 28. JUNI 2009):

(972): es heißt, promis sterben zu dritt. Überlass es nur billy mays, noch einen EXTRA oben draufzupacken!

. . . .

STEVE MACNAIR (14. FEBUAR 1973 - 4. JULI 2009):

(717): weißt du noch, wie mcnair ausgepustet wurde.
(717): meine erste reaktion war »warum hat es nicht mcnabb getroffen«
(215): omg du bastard.

. . . .

WALTER CRONKITE (4. NOVEMBER 1916 - 17. JULI 2009):

(614): Wir waren so high, dass du Luke vorgehalten hast, er würde Walter Cronkites Tod faken, um egoistischerweise dessen Leben zu erzählen.

. . . .

JOHN HUGHES (18. FEBRUAR 1950 - 6. AUGUST 2009):

(847): john hughes ist tot. das macht all meine träume zunichte, je in einem john-hughes-achtzigerjahre-film mitspielen zu können. so ein scheiß.

TED KENNEDY (22. FEBRUAR 1932 – 25. AUGUST 2009):

(508): Ted Kennedy mochte lange Fahrten über kurze Brücken.

DOMINICK DUNNE (29. OKTOBER 1925 – 26. AUGUST 2009):

(718): OMG ich krieg die krise, Dominick Dunne ist gestorben und ich hab gerade erfahren, er war gar nicht schwul!!! NOCHMAL OMG!

ADAM GOLDSTEIN (30. MÄRZ 1973 – 28. AUGUST 2009):

(541): Ich hoffe nur, dass sich das nicht im *Final Destination*-Stil abspielt.

(1-541): In einem solchen Szenario wäre Travis Barker ganz Devon Sawa.

••••••••••••••••••

PATRICK SWAYZE (18. AUGUST 1952 – 14. SEPTEMBER 2009):

(404): ich hoffe, kanye taucht nicht bei patrick swayzes beerdigung auf. »kannst gleich wieder zu deiner beisetzung zurück ..., aber michael jackson hatte den schönsten tod des jahres. mein' ja nur.«

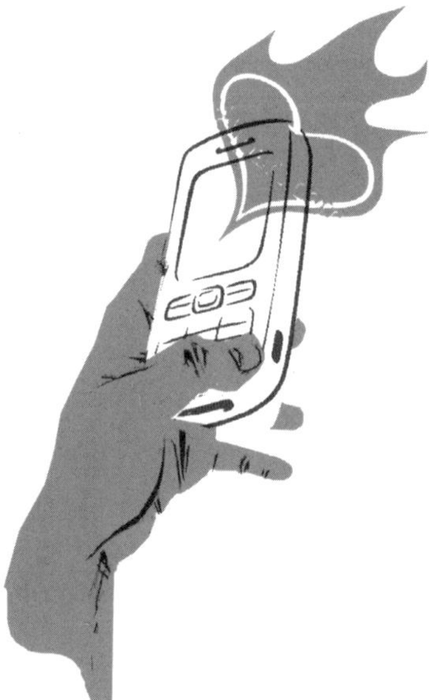

(904): Auf seinem penis hatte er die zahl 3 tätowiert. Und als ich fragte, was das zu bedeuten hätte, meinte er, »na wie dale earnhardt, der einschüchternde«.

(570): Lass uns auf jenen Zeitungen Liebe machen, die den Zusammenbruch des Bankensektors verkünden.

(781): Kann die Scheißliebe vielleicht ein paar Seehundjunge verzaubern? Sie noch süßer machen? Wer würde auf ein supersüßes Seehundjunges einprügeln? Nur ein beschissenes Monster.

(703): Immer wenn ich traurig bin, stelle ich mir vor, wie's wäre, wenn Babys mit Schnurrbärten geboren würden ...

(434): warum liegen auf meinem bett lauter goldfisch-cracker herum?

(540): du hast beschlossen, ihnen allen namen zu geben & sie als haustiere zu behalten.

(717): hey, hier ist lauren, ich muss für jon tippen, weil er davon überzeugt ist, dass die zangen, die er hält, seine richtigen hände sind.

(815): Letzte Nacht hab ich die netteste Transe kennengelernt. Er/sie liebt Erdnussflips.

GRAS

(303): Hier riecht's nach Gras.
(720): Wir sind in Boulder, hier riecht alles nach Gras.

(559): Hab gerade rausgefunden, wie man Gras mit einem Toaster raucht.

(503): was ist bloß aus meinem leben geworden, wenn das beste, was mir die woche passiert ist, die entdeckung meines dekolletés als optimales versteck für gras ist.

(704): Letzte Nacht war ich so high, dass ich anfing zu heulen, weil ich an nichts anderes mehr denken konnte als daran, wie beängstigend der Weltraum ist.

(407): das gras, das ich in meinem kühlschrank gefunden habe, ist in wirklichkeit salat. sag jim, ich brauch nun doch die 5 dollar.

(804): der strom ist abgeschaltet. ich rauche gras beim licht einer taschenlampe.
(1-804): ich wünschte, ich hätte was, dem ich mich so hingebungsvoll widme, wie du das mit gras tust.

(770): mal ehrlich, wer kauft gras mit einem arbeitslosen-scheck?
(1-770): du.
(770): oh ja. danke.

(512): mein vater hat mir grad in gegenwart meiner mutter heimlich 'nen brocken marihuana zugesteckt. warum bin ich noch mal ausgezogen, um aufs college zu gehen??

(855): Bin auf einer Hasch-Party und meinte gerade zu einem Mädchen, »hey, je weniger donuts zu kriegen sind, desto mehr kriegt man«.

(1-855): und – hat sie wenigstens einen donut gekriegt?

(855): Nein. Bin am Boden zerstört.

(408): ich bin so high, ich hab das gefühl, die leute, mit denen ich online chatte, können irgendwie sehen, dass ich nackt bin.

(404): Ich hasse es, Werbespots über Babys zu sehen, wenn ich high bin.

(954): Ja, ich mag Babys überhaupt nicht.

(909): alter, ich bin selbstgespräche-high.

(561): Tatsache ist, meine Bong heißt Hulkamania, Bruder.

(805): ich kann definitiv sagen, er ist high. er unterhält sich mit meinem hund.

(919): ich bin gerade high auto gefahren und hab angehalten, um einen tannenzapfen über die straße zu lassen, weil ich dachte, es ist ein igel.

(416): ich hab den starken drang, mich den asiaten im park anzuschließen, die tai chi machen. ich glaub ich bin immer noch high.

(721): Der Typ da drüben sieht aus wie eine Zeichentrick/Action-Figur.
(703): omg, ich weiß.
(721): wir sind zu high.

(973): Auf einer Skala von 0 bis 24 ... warte, von 3 bis 24, auf der 6 das niedrigste und 12 das höchste ist – wie verdammt high bist du in diesem augenblick?

(952): Wann kommst du nach Hause?
(715): Sobald mein Telefon nicht mehr in 3D ist.

(714): ich hab also den brownie gegessen und fühle mich überhaupt nicht high. ich hab allerdings gerade sechs stücke pizza gegessen, und das find ich toll ...

(386): ich wünschte, nachts würden lieferwagen rumfahren, aber statt eiskrem und fröhlichen songs gibt's nur taco bell und den *macarena*.

(651): in deinem briefkasten liegt brot, das werd ich jetzt essen.
(651): vergiss es, war bloß ne zeitung.

(925): ich habe eben geträumt, ich könnte die hautfarbe von will smith mit einer fernbedienung regulieren. ich sollte nicht mehr bei eingeschaltetem fernseher schlafen.

(504): Gegenseitiges Kitzeln endet in 95 % der Fälle mit Sex.

(617): ich will in meinem bett bleiben und noch ein paar stunden rumfurzen.

(781): Ich hab beschlossen, dass das Leben viel mehr Spaß macht, wenn man seinen moralischen Kompass direkt vor der Nase hängen hat und er bei jedem Schritt ausschlägt.

(603): alles, was wir brauchen, ist ein schnapsglas und ein helikopter.

(202): Haha, dieses Mädchen hat also offenbar die ganze Zeit gedacht, ich wäre du, und erst am Morgen ist ihr klar geworden, dass sie gar nicht mit dir gefickt hat. Danke für deine Hilfe.

(650): meine möse singt *hurts so good* von john mellencamp.

(334): Ich glaub' ich hab die Nummer deiner Ex einem verurteilten Triebtäter gegeben.

(205): Sieg!

(865): Alter, diese Tusse kommt mich besuchen und bleibt für 2 Nächte. Damit hab ich auch die Dritte im Bunde abgeschossen.

(302): Du bist ein verdammter, verdorbener Bastard, Mann, ich bin nahezu sprachlos. Du hast gewonnen.

(865): Ihre Tattoos passen zueinander, die sind also ganz offiziell beste Freundinnen. Ich liebe mein Leben.

(502): Göttlich. Irgendein Typ hat beim Karaoke Conway Twitty dahingemetzelt, plötzlich brach in der ganzen Bar die Stromversorgung zusammen. Und jemand rief »Du hast Jesus verärgert, als du dich mit Conway angelegt hast!«

(323): Sollte ich je eine Band gründen, werd' ich sie »Nancy Reagans Vagina« nennen.

(305): Danke, dass du dich gestern Abend für mich der hässlichen gewidmet hast. Du bist der beste wingman, den es je gab.

(615): Sie hat 7 von den 8 Stücken Pizza gegessen. Ich hab mir einen Verwundetenorden und Sex mit deiner Schwester verdient.

(405): Alter, ich bin in ihrem Badezimmer und da steht Läuse-Shampoo ... ist es das wert?

(918): Dir ist wohl nicht klar, was diese Entdeckung bedeutet ... sie hat 'nen verdammten Muschi-Busch.

(405): Ich wünschte, es gäbe einen Preis für den Wingman des Jahres.

(417): Wahre beste Freunde versuchen, sich gegenseitig 25-Cent-Stücke in den Hintern zu schieben. Danke für den besten Geburtstag meines Lebens!

(202): Ich hab für später einen Sechserpack in der Mikrowelle versteckt.

(410): Du warst mir schon von Anfang an sympathisch.

(484): Kurze Frage, wie krieg ich Teppichabdrücke auf meinen Knien in ungefähr 5 Minuten weg?

(210): Alter, warum juckt mein Arschloch so fürchterlich?

(1-210): Ich werd dir beibringen, wie man ihn besser abwischt.

(719): In Idaho bin ich aus den Latschen gekippt und in Washington wieder zu mir gekommen, als ich ins Fischglas meines Mitbewohners kotzte. Der Fisch war auf dem Boden.

(719): Keine Sorge, hab ihn vorher rausgenommen.

(908): Aber ich hab mal eine Sendung über eine Obdachlose gesehen, die sich in einem Schulbus, aus dem alle Sitze rausgenommen waren, einen Herd installiert hatte, damit sie und ihr Baby darin leben konnten. Für Obdachlosigkeit sah das gar nicht so schlecht aus ... Ich verspreche dir also hiermit, sollte ich jemals in einem aufgegebenen Schulbus wohnen ... werde ich ihn zumindest mit einem Herd aufmöbeln, dann kannst du manchmal zum Abendessen rüberkommen.

(913): Was ich an unserer Freundschaft am meisten mag sind deine Titten.

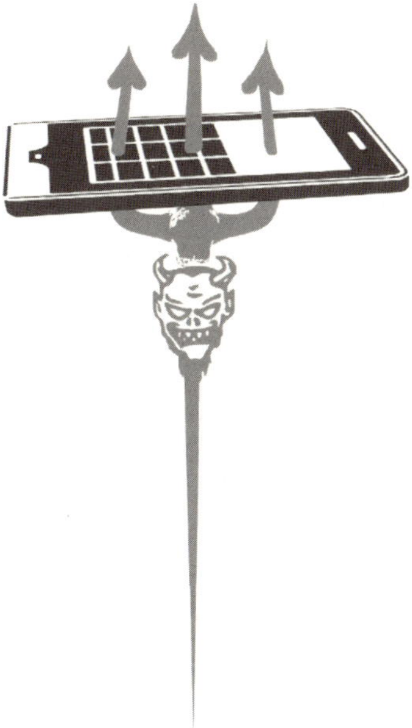

PUPSEN,
EINKACKEN
UND FOTZEN-
FÜRZE

(847): er furzte unentwegt in meiner küche und schob es auf den hund. dann gingen wir zu wendy's und er verbrachte zwanzig minuten auf der toilette. ich bin mir ziemlich sicher, dass er sich in die unterhosen schiss.

(1-847): nachdem du rausgekriegt hattest, dass er einen mini cooper fährt, hättest du wissen müssen, dass das kein typ ist, mit dem du rumhängen solltest.

(615): Anscheinend hab ich sie angefurzt, als ich schlief. Dann hab ich's, nur um zu wissen, ob sie's locker nimmt, noch mal mit Absicht gemacht, und sie sagte kein Wort. Was meinst du, GEBONGT?

(856): Ich hab grad so laut gefurzt, dass mein Kater vor Schreck von der Couch gefallen ist.

(678): Ich stand eben am Pinkelbecken, pisste los, musste dabei furzen und sagte daraufhin laut »Oh, jaaa«. Da hörte ich, wie sich jemand in der Kabine hinter mir bewegte.

(570): Süße! Ich hab gerade gefurzt und ich schwöre beim heiligen Jesus Christus, dass es sich wie dein Name anhörte! O. k., klang eher nach Fleischschsch ..., aber geil war's trotzdem.

(408): sie furzte, während ich sie leckte. das mach ich nicht noch einmal.

(614): Dein Freund furzt im Schlaf. Der letzte Furz klang wie eine Drohung.

(203): Ich glaub', mein Furz hat mich gerade angeknurrt.

(773): Lass uns eine brutale Furz-Bande bilden. Wir können im Vorbeigehen attackieren.

(513): Alter, das Mädchen neben mir hat gerade einen gelassen. Das Schlimmste, er riecht nach Gleitgel.

(847): Hab eben im Suff versucht, im Rhythmus von Rihannas *Disturbia* zu furzen.

(804): An der Wucht seiner Fürze kann man erkennen, ob ein Mann erfolgreich sein wird – ein Furz, der ein Zimmer erschüttern kann, ist eine Stimme, die die Welt zu verändern vermag.

(425): mein arsch hat grad geseufzt. selbst meine fürze sind müde.

(913): Sie hat also gefurzt, als wir gerade beim Sex waren, aber weil ich fürchtete, dass sie alles abbricht, weil es ihr peinlich ist, machte ich einfach weiter, nahm den Furz auf mich und entschuldigte mich dafür.

(478): wow, furzen in latex-slips ist echt ungünstig.

(902): und dann sagte ich zu ihr, ich sei zu betrunken. Sie fing an zu heulen und meinte zu mir, das passiere ihr immer und dass sie denkt, sie sei hässlich. Ich tat so, als würde ich schlafen, da ließ sie einen fahren.

(805): Sie wachte von meiner Furzerei auf, also tat ich so, als würde ich noch schlafen.

(310): bin in der bar und habe einen furz falsch eingeschätzt ... ab nach hause oder übersteh ich den abend? Was soll's, der türsteher hat die entscheidung für mich getroffen ... ab nach hause.

(617): oh mann, wir kuschelten uns nackt im bett dicht aneinander, ihr arsch an meinem schritt, da kackte sie im schlaf was ab, alles auf meinen schwanz.

(757): Cool, dann bis gleich ... sie hat ihren Freundinnen gegenüber gerade zugegeben, dass es ein Fotzenfurz war.

(479): Ich wusste nicht, dass es Fotzenfürze gibt. Gibt's die wirklich?

(1-479): Ich glaub schon, ja.

(479): Wärst du beleidigt, wenn ich fragen würde, ob dir das schon mal passiert ist?

(206): er soll endlich damit aufhören, all seinen freunden zu erzählen, wie meine fotzenfürze klingen. es wird mir langsam peinlich, von leuten umgeben zu sein, die meine vagina zitieren können.

(914): ich bin in genau der stimmung, in der ich das weinende, besoffene mädchen sein will, das sich auf jeden einlässt, der behauptet, es sei hübsch.

(865): wir hatten sex im badezimmer, da klopfte seine tante an der tür.
(865): und statt rauszugehen und ihr entgegenzutreten, bin ich aus dem fenster geklettert. deshalb denkt sie jetzt, er hätte masturbiert und sich seinen eigenen namen mit echt mädchenhafter stimme vorgestöhnt.

(619): Ich schlafe gern in meinem Bett, nachdem du die Nacht hier verbracht hast, weil dann das Bettzeug nach dir riecht.
(1-619): Glücklicherweise riecht es nicht wie deine Fürze.

(402): Ich hab mir die Schamhaare so rasiert, dass es aussieht, als hätte mein Schwanz eine Löwenmähne. Will damit das Mädchen überraschen, das im Zoo arbeitet, wenn es mich besuchen kommt.

(419): Hast du nachher Lust auf Sex?
(614): Das klingt nach einer Falle.

(352): Entweder hab ich gerade gehört, dass meine Nachbarn Sex hatten, oder sie hat echt allem zugestimmt, was er so zu erzählen hatte.

(504): Es sieht so aus, als sollten meine Eier im Leben deines Mundes eine große Rolle spielen.

(301): ich weiß einfach nicht, wie ich in einem unattraktiven menschen mehr als nur einen freund sehen soll.

(319): **Hab beschlossen ein Buch zu schreiben, Titel: Mädchen kacken nicht und andere Mythen, an die ich gerne weiter glauben würde.**

(415): gott sei dank enden zufällige bettgeschichten nicht mit dem college. alles gute zum geburtstag, amerika.[11]

(415): Nein, ich glaube fest an den Grundsatz »Schluck's runter oder es ist keine Liebe«.

(251): Kannst du dir einen Skynet-Apparat vorstellen, der aus einer Kombination von Bob Ross und Chuck Norris zusammengebaut ist? Der würde das Universum mit einem sachten Fächerpinsel von Kung-Fu-Dominanz beherrschen.

(303): Das wär wirklich unglaublich. Ich hoffe, wir werden mit so was noch zu Lebzeiten gesegnet.

(919): ich hab echt seinen namen vergessen und einfach angefangen, ihn »waffeln« zu nennen.

(253): Mein Ziel für diese Party ist, jeden in eine Windel zu wickeln. Machbar?

---

11 Offenbar an einem 4. Juli, dem US-Nationalfeiertag, geschrieben, Anm. d. Übers.

(705): Das Real World D.C. House ist an der Ecke 20. Straße und S-Street. Willst du mitkommen und dich davon überzeugen? Es ist mein erklärtes Ziel, als unbekanntes Gesicht im Hot tub dieser Truppe aufzutauchen.

(561): Ich wünschte, es gäbe Huren-Gnome, die unsere Wohnung säubern, sobald wir weg sind.

(920): Sie simste mir gerade den Spruch »Ich wünschte, du wärst ein anständigerer Mensch, dann könnte ich dich ficken, ohne es zu bereuen«.

(864): manchmal wünschte ich, ich könnte meiner katze simsen und ihr mitteilen, wie sehr ich sie vermisse und dass ich an sie denke.

(775): ich wünschte, mutter natur wäre eine reale person, denn dann würde ich diese schlampe mit sicherheit abwatschen.

(214): Ich wünschte, du wärst hier und ich könnte in deine Hand kotzen.

(901): Ich wünschte mir echt, ich könnte die Zeit zurückdrehen, um den Lauf jener Ereignisse zu ändern, die dazu führten, dass ich nachts um 3 vor dem Computer sitze und im Internet »Traumatische Masturbation« googel, während ich mit dir über schiefgelaufene Dates rede und in einem Videospiel ein virtuelles Restaurant betreibe.

(407): ich war heute mit meinen freunden in disneyworld, lernte schneewittchen kennen und entdeckte sie später dann in einer bar. jetzt liegt sie nackt neben mir in ihrem bett, weggetreten. *Wenn du dir etwas von einem Stern wünscht, werden deine Träume wahr ...*

(205): Ich wünschte mir bloß, wir könnten aus unseren Fernsehern Essen runterladen.

(703): Ich wünschte, ich könnte ein netterer Mensch sein. Oder ein nüchternerer.

(586): Ich wünschte, mein Penis hätte einen Schalter zum Ausknipsen.

(509): Mein Lebenstraum ist, es mit Ellen Schritt an Schritt reibend zu treiben. Dass ich einen Schwanz habe, spielt dabei keine Rolle. Ich würde es schon hinkriegen.

(917): East Village: Der einzige Ort, an dem man gleichzeitig Pac-Man spielen und einen Hotdog mit Ananas essen oder in die Bar nebenan gehen und einen anschaulichen Blowjob auf jedem Fernseher sehen kann.

(914): Eben komm ich aus der Praxis meines Arztes, da sehe ich durch ein Autofenster, wie ein Typ auf dem Vordersitz gerade einen geblasen kriegt.

(917): Warum bist du so schockiert? Du lebst in Brooklyn.

(718): Ich glaub, abgeknallt zu werden ist in Brooklyn schwer angesagt.

(914): er steckt seinen penis in glückseligkeit.

(914): er hat mich zu einer eine-woche-lang-sauf-party eingeladen. offenbar weiß er, dass der schlüssel zu meinem herzen aus schnaps gemacht ist.

(847): Im Radio läuft gerade was von Journey ... Ich glaub, das ist ein Zeichen, dass ich meinen Drogentest bestehen werde.

(815): ja also, du hast noch nicht mal nach all dem alkohol gekotzt. wir haben dich ausgebremst, sind zusammen ins huck finn's und erklärten dir, dass in der kaffeesahne von »irish cream« baileys ist. daraufhin hast du so um die acht davon runtergekippt und alles über den boden gereihert. es war großartig. wir haben dich sogar angefeuert und so.

(312): sie ist unglaublich! hast du je ein mädchen vollgepinkelt?

(1-312): nicht wenn es wach war.

(780): Ist Jonathan Taylor Thomas schwul? Bitte googel das mal für mich. Ist wichtig.

(773): Alter, weiß nicht genau, in wessen Wohnung ich aufgewacht bin, hab aber hier gerade geduscht und das Shampoo, das die hier haben, ist phänomenal.

(312): Wer hätte geahnt, dass die Bestellung eines Wodka-Lemon im Roscoe's der Code für »hol mir einen runter« ist.

SMS-
WEISHEITEN

(848): lebensweisheit #1: ein furz während eines peinlichen schweigens zwischen 2 fremden macht es nicht weniger peinlich.

(253): Lebensweisheit Nummer 76: In eine Socke zu masturbieren ist nutzlos, wenn sie ein Loch hat.

(678): Lektion begriffen: Versteck deinen Wodka nicht in der Spielzeugkiste deines kleinen Bruders.

(206): Tipp des Tages: Versuche nie, gleichzeitig zu furzen und zu schlucken. Das endet damit, dass du alles, was du gerade schluckst, wieder rauswürgst und dich wegen des Würgeanfalls einscheißt.

(843): Tipp #47, stutze dein Schamhaar nicht, wenn du zuckst, weil du zu viel Gras geraucht hast!

(647): kurios: gurke in essig mit pfeffer = bester snack, den es gibt, wenn man high ist.

(201): Reminder an mich: Egal wie scharf oder aufgegeilt man gerade ist, leck deine Freundin nie, wenn sie gerade vom Fußballtraining kommt.

(601): Hier mein Rezept für Glück. Besorg dir Stoff. 1. Rauch ein Pfeifchen 2. Leg *Explosions in the Sky* auf 3. Nimm ein Bad. Mach das ungefähr eine Stunde lang oder bis sich all deine Probleme in Luft aufgelöst haben.

(336): Reminder an mich: Wenn du dich mit einem Kind im Rollstuhl auf den Weg machst, sag nicht »Auf geht's«.

(540): Reminder an mich: Furze nie auf einer Sonnenbank.

(443): Meine Mutter kam in mein Zimmer und meinte, ich solle den Fernseher ausschalten. Ich hab ihr den Stinkefinger gezeigt. Für mich zur Mahnung: HÖR AUF, DIESEN MIST ZU RAUCHEN!

(847): Bin mal kurz raus, um eine Zigarette zu rauchen, da kamen drei Männer in Glitzer-Stöckelschuhen und goldschimmernden Tangas vorbei. Gott, ich liebe Chicago.

(650): Hab gerade gesehen, wie ein obdachloser Typ hinter einer Taube herrannte, sie einfing und in seine Jackentasche steckte. Weiß nicht so recht, ob der Vogel jetzt sein Haustier oder sein Abendessen ist!

(408): OmG. Na denn, willkommen in Oakland ...

(510): Willst du zu 'ner Weißen Party am Flughafen von LA mitkommen?

(1-510): Clubs sind öde, besonders die mit Motto-Partys. Ich spiel doch nicht in so 'ner blöden Episode von *Laguna Beach* mit.

(323): Ich würde mit dir Sachen treiben, für die wir in einem Puritaner-Städtchen auf den Scheiterhaufen kämen.

(323): Bei Anruf Sex?

(310): Mann, du folgst mir doch noch nicht mal auf Twitter.

(323): Meinst du, eine Kosmetikerin wäre bereit, mir im Schritt die Cs von Chanel zu waxen? Dann könnt' ich jedes Mal, wenn ein Kerl zu heftig drauf ist, sagen, »Vorsicht, ist Chanel«.

(650): offenbar hab ich eine ganze tüte goldfischkekse gegessen, einen typ mit freundin geküsst, die mich jetzt umbringen will, meine schwester veranlasst, bei mir – hatte dabei keine unterwäsche an – im bett zu schlafen und meiner ganzen familie erzählt, ich sei schwanger mit jonnys teufelsbaby ... ich trink nie wieder.

(415): Wenn Ben doch bloß zu 51% schwul wäre statt zu 49 %

(415): Mann, hab gerade eine irre Rave-Orgie mit einem Haufen heißer asiatischer Tussen in einer Straßenbahn erlebt. Es war, als wär ich in einem Gwen-Stefani-Video gelandet.

(415): Gott, ich liebe San Francisco.

(408): Carl's Jr.[12] in der Hauptstraße. Japanischer Tourist hockt sich aufs Pinkelbecken, um zu kacken. Liest dabei eine japanische Zeitung und ist noch vollständig angezogen.

(415): Bin in 3 Minuten da.

12 Amerikanische Fast-Food-Kette, Anm. d. Übers.

(650): Anderes Mädchen, gleicher Blowjob, gleicher Parkplatz.

(202): außerdem redest du mit dem mädchen, für das »deformierter babyarm« nicht unbedingt ein k.o.-kriterium war.

(732): Außerdem, wäre Peter Parker von einer Ameise gebissen worden, wär er nicht annähernd so cool gewesen.

(202): antworte mir oder ich erzähle jedem, dass du dir einen in wodka getränkten tampon in den anus gesteckt hast.

(202): Wissen hässliche Menschen, dass sie hässlich sind?

(1-202): Die Stillen schon.

(202): Hatte gerade einen Rache-Fick mit einer Beauftragten der Bush-Behörde. Jetzt trink ich zur Feier Sekt mit O-Saft.

(202): hab gestern abend im kellys irish times in einen mülleimer gekotzt. aber in einen mülleimer, bin schließlich eine lady.

(202): du hast definitiv einem haufen weiber, die gerade aus der bar kamen, das Motorboot gemacht. das einfach so durchgezogen. dabei hast du dauernd »Motorboote für alle!!!!« geschrien.

(404): Hab mit 'ner jungen Dame rumgemacht, die »Übergröße« hatte. Durfte ihre Titten küssen. Hatte das Gefühl, wieder 6 Monate alt zu sein.

(404): Will heute Abend weder in ein Drive-in-Restaurant noch ins Kino. Will heut pac man am Automaten spielen und auf der Toilette irgendeiner Bar ein Mädchen in den Arsch ficken und dann wieder mit pac man weitermachen.

(770): Lieber Mark, bitte entsorge deine verklebten McDonald's-Servietten, in die du reingewichst hast, von meinem Schreibtisch.

(678): Diskrete Masturbation ist eine ausgestorbene Kunst.

(678): Ich hab zum letzten Mal gesagt, »das ist das falsche Loch«.

(770): Ich hab ihr eine Chance gegeben, interessant zu sein, und sie hat versagt. Dann hab ich ihr die Chance geboten, sich wie eine Schlampe aufzuführen, aber auch das hat sie vermasselt.

(404): Sollte ich mit ihm nach Hause gehen, auch wenn ich weiß, dass ich in meinem Run-DMC-Höschen Kackspuren hab?

(724): Da sah ich heute Morgen diesen Obdachlosen, der wie Chewbakka in einen Fernsprecher brüllte.

(412): Das hast du nun davon, dass du in Siffadelphia bist.

(215): Wie kommt es, verdammte Scheiße, dass diese 5-Minuten-Terrine auch nachts um 3 noch ruckzuck zubereitet ist und ich besoffen und völlig platt bin? Was ist das für ein Phänomen?

(215): ich werde meinem spiegelbild weiterhin erklären »werd' nüchtern«.

(215): Ich schwöre, wenn ich noch einen Kerl mit V-Ausschnitt und Filzhut sehe, werd' ich dem Nächstbesten was auf die Eier geben. Wir sind hier in Philadelphia, da muss man nicht wie Ryan Cabrera aussehen.

(206): Wir haben gerade 540 Pfund Frauen aufgegabelt ...

(206): Zu schade, dass mein Bild nichts geworden ist. Darauf war ich nackt auf einem Einhorn reitend zu sehen, hatte einen Hexenhut auf und einen Zauberstab in der Hand. Und das Einhorn hatte Flügel. Und ich auch.

(206): Ich dachte, ich wär auf einem Fahrrad rumgefahren, aber ich glaub' es war ein Staubsauger.

(206): Ja, jeder sollte sich mal einer Sekte anschließen. Wenigstens einmal.

(206): Hier die Morgenlatten-Meldung für dich: Ja, er steht.

(360): Falls du jemals nach Seattle kommst, sollten wir vögeln. Oder 'nen Kaffee trinken gehen oder so was.

(360): Das Wetter in Seattle ist im Moment genau richtig. Warm genug, damit die Mädchen keine BHs tragen müssen, aber noch kalt genug, dass ich sehen kann, wie sich ihre Brustwarzen abzeichnen.

TELEFON-
MISS-
GESCHICKE

(818): Davon einmal abgesehen. Mann, du hast ein iPhone, da kannst du nicht mit Prolo-Kürzeln schreiben.

(770): Das iPhone ruiniert meine Möglichkeiten für Sex-Botschaften. Auf der Geburtstagsfeier meiner Oma hat sich mein 5-jähriger Cousin das Ding geschnappt und meinem gesamten Familienclan vorgelesen »Ich will, dass du dich hinstellst, und ich dich von hinten ficke«, weil das auf meinem Display erschien.

(801): wie löscht man frühere safari-suchen auf einem iPhone? ich bat meinen bruder, was für mich zu googeln, da zeigte das ding »großer penis«, »empire china imbiss« und »umgedrehte cowgirl-stellung« an.

(218): Sorry für die John-Mayer-artige Serenade, die ich letzte Nacht auf deiner Mailbox hinterlassen hab. Auch die drei anderen Versuche tun mir leid, weil ich meinte, es würde noch nicht gut genug klingen.

(251): Gibt es für das iPhone eine »Pille danach«-App?

(503): hey, weißt du jemanden, der pussy-model-jobs anzubieten hat?

(503): PUPPY. Ich hab puppy (Hundewelpe) gemeint, sorry.

(281): Wie kriegst du's hin, zu onanieren und gleichzeitig zu simsen?

(1-281): Auf meinem iPhone gibt's dafür 'ne App.

(703): Blackberrys sollten eine Funktion haben, die es verhindert, nach 2 Uhr nachts SMS mit gewissen Inhalten an ausgewählte Numsmern zu verschicken. So sollten SMS an ›Papa‹, die Dinge wie »lass uns mehr Koks auftreiben« enthalten, blockiert werden.

(857): spaß beiseite, iPhone. hör endlich damit auf, automatisch all meine fucks in ducks (Enten) zu korrigieren. damit verwandelst du all meine derben sms in harmlose, liebenswerte mitteilungen.

(734): Hab beim Spiel der Astros[13] auf mein Blackberry gepinkelt. Wünsch mir Glück, das irgendjemandem auf der Arbeit erklären zu können.

(858): im nachhinein war es ein fehler, sexistische sms im zugedröhnten zustand zu schreiben – ich wollte schreiben »ich fick dich bis zum irrsinn, baby«, aber natürlich hab ich »ich fick dein irrsinniges baby« geschrieben.

(303): hab gerade versehentlich »meine kacke riecht nach wodka« an 27 leute aus meinem telefonverzeichnis geschickt.

---

13 Die Houston Astros sind ein Baseball-Team, Anm. d. Übers.

(216): du hast mir letzte nacht 5 geburtstagsgrüße geschickt. einen nach dem anderen. mit unterschiedlichen buchstabenfolgen.

(541): Wörter, die ich meinem T9 heute hinzugefügt habe: Gnome, Facebook und Chlamydia.

(810): Mein T9 schreibt Schlappen statt Schlampen.
(1-810): liegt doch sowieso dicht beieinander.

(831): hab aus bestimmten gründen »hiiiiigh« in meinem t9 gespeichert.

(602): Gute Nacht, Zuckerschwuchtel.
(480): Zuckerschwuchtel??
(602): Warum schreibt mein automatisches Textprogramm immer »Schwuchtel« statt »Stückchen«?

(425): mann, ich bin schwul.
(425): ich meine »nicht«! ich bin nicht schwul!

(519): Hab gerade versehentlich eine für dich bestimmte SMS an das Mädchen geschickt, das ich neulich anzumachen versuchte. In der SMS stand »Ihre Cousine hat meinen Schwanz auf die effektivste Weise ausgebremst, die überhaupt möglich ist«. Ihre Cousine ist gerade gestorben.

(214): würdest du dich jemals mit einem mädchen verabreden, das mit einem 89er Chrysler LeBaron unterwegs war? nur zur info, ist ein cabriolet.

(214): Das Hemd gehört mir, die Hose gehört mir, der BH nicht unbedingt.

(972): Fühl dich nicht verpflichtet, zu mir zurückzukehren, aber ich glaub' ich hab mich grad' in eine Kellnerin mittleren Alters aus dem Denny's in Waco verliebt. Sie ist gebraucht, doch in noch gutem Zustand.

(847): Bisher hab ich mich oft und immer wieder über Texas lustig gemacht, dann zog ich her, entdeckte einen Laden, wo ich meinen Tequila in einem To-go-Becher samt Strohhalm kriegen kann, und stelle nun fest, dass dies der einzige Ort ist, an dem zu leben ich mir vorstellen kann.

(469): Versichere dich deines Standorts. Am besten geeignet ist eine Kreuzung, aber wenn es die für dich am wenigsten peinliche Möglichkeit ist, über Google-Maps rauszukriegen, wo du gerade bist, dann mach's. PS – seine E-Mails nach einer aktuellen Adresse zu durchforsten ist immer sinnvoll.

(740): Bitte erklär' mir, wie es kommt, dass ich mitten im Niemandsland aufgewacht bin und nur einen Schutzhelm und einen Männer-Tanga anhatte.

(740): bin zufällig jemandem begegnet, der mit uns seinen highschool-abschluss gemacht hat, während ich die zeche mit kleingeld bezahlte. super, wenn mich leute aus meiner vergangenheit in meinen stilvolleren momenten erwischen.

(740): Tambourstock-Wirbeln ist eine seiner Aktivitäten, die er auf Facebook angibt.

(740): Außerdem ist er »ein Großmeister des Staats Ohio im Stockwirbeln«. Du kannst mir nicht erzählen, der wär hetero.

(740): Sah gerade, wie eine alte Dame strauchelte und hinfiel. Hab gelacht und bin einfach weitergefahren. Komme wohl in die Hölle.

(740): Mann, da liegen zwei scharfe Bräute vor meiner Wohnung ... Würde denen am liebsten sagen, dass sie sich genau da hingepackt haben, wo ich letzte Nacht hingekotzt hab.

(631): Solltest du. Ist ein guter Eisbrecher.

(740): die besten dinge des lebens gibt's kostenlos. frisch gevögelt aussehen und ganz verschämt bei SEINER freundin vorbeispazieren ... unbezahlbar.

(901): Nachdem er alles über meinem Gesicht abgespritzt hatte, klatschte er mich ab. Über so was kann ich mich nicht mal aufregen, weil ich mich selbst ständig in solche Situationen bringe. Und hab ich schon erwähnt, dass im Hintergrund *D3 - The Mighty Ducks* lief?

(204): Ich sehe für dich eine Möglichkeit, mir mit deiner Nacktheit aus meiner Langeweile zu helfen.

(403): Meine Oma hat mir zum Geburtstag ein Zierdeckchen geschickt – frag nicht warum, keine Ahnung. Wie auch immer, ich stellte meine Bong drauf. Ich glaub', das hat dem Joint eine besondere Note verliehen.

(403): Gerade kam mein Neffe raus und spielte dabei mit dem Vibrator meiner Mutter.

(954): du hast dauernd copa cabana gesungen und zu irgendwelchen leuten auf der straße gesagt ISS NE BANANE. dann bist du auch noch auf diesen bedauernswerten kleinen typen zugegangen, hast ihn umarmt und ihm anschließend ICH LIEBE DICH, KIND-MANN ins gesicht gebrüllt. bitte sag mir, dass du jetzt nüchtern bist.

(850): Sind die immer noch da draußen und treiben es auf der Couch? Wie kriegen wir sie dazu, endlich zu gehen?

(850): Ich werd' mich nackt in die Küche stellen, mit 'nem Messer in der Hand.

(330): Fette Stripperinnen geben sich mehr Mühe und es ist mir egal, wer das weiß.

(815): lass uns ein bisschen sex für die freiheit machen.

(630): so sehr liebe ich unser Heimatland nun doch nicht.

(952): Es stellte sich dann heraus, dass sie 40 ist und eine 20-jährige Tochter hat.

(763): Willst du sie immer noch durchvögeln?

(952): Jetzt würd' ich lieber ihre Tochter knallen.

(303): bin heute morgen neben einer zufallsbekanntschaft aufgewacht, hab auf den kerl gezeigt und gesagt stranger danger, fand er gar nicht komisch.

(516): wir sollten dem barkeeper das haftgeld geben, falls wir dafür eingelocht werden.

(650): Wachte heute auf, schaute in den Spiegel und sagte, »Heute ist es mir egal, wer meinen Penis sieht.«

(917): Mir kommt gerade eine Erinnerung an letzte Nacht hoch: Ich hole ihm ordentlich einen runter, während er schreit ICH MAG'S NICHT ABGEWICHST KRIEGEN! ICH MAGS NICHT ABGEWICHST KRIEGEN!

(832): Ich finde, wir sollten, bevor wir ausgehen, an meinem Hemd endlich mal einen Hinweis befestigen, auf dem »Gebt mir KEINE Schnäpse aus« steht.

(832): Auf dem Rücken könnten wir auf mögliche Nebenwirkungen hinweisen: wahlloses Rumfummeln, kurze Schreianfälle, Kauderwelsch-Gejohle und plötzliches Einschlafen.

(970): Bin mit meinem Vater auf einem Krabben- und Weinfest. Er hat mich gerade all seinen Kollegen als seine Freundin vorgestellt. Ich bin so betrunken, dass ich dachte, er meint das ernst.

(864): du kamst uns vor wie ein stehaufmännchen. jedes mal, wenn wir dachten, du fällst gleich um, bist du wieder in die aufrechte zurückgeschnellt ... du bist ein bewundernswerter betrunkener.

(720): Wie konnte ich so besoffen werden? Wir mussten dieses Mädchen aus der Goodwill-Spendenbox herausfischen.

(502): ich war beim abendessen mit der familie knülle und hab von den sexanzeigen meines schwulen bruders auf *craigslist*[14] erzählt.

(323): Sei mir nicht böse. Ich weiß, in deine Schublade zu pinkeln ist 1 Sache und dich vollzupinkeln, während du schläfst, eine andere, doch es tut mir leid ... ich liebe dich.

(817): Hör auf damit, Obst so lange im Kühlschrank zu lassen. Nachdem du weg warst, hat sie die Whiskyflasche ausgetrunken und jetzt schmust sie mit deiner schimmeligen Orange rum und schreit uns an, ihr bloß nicht näher zu kommen, also lassen wir ihr dieses Kuscheltierchen.

(248): Er versuchte dauernd, sich den Yorkshire-Terrier in den Mund zu stopfen. Das arme Wesen guckte ganz entsetzt.

---

14 Craigslist ist ein US-amerikanischer Kleinanzeigendienst, Anm. d. Übers.

(214): Sie wollte dich ficken. Du hast über ihr abgekotzt. Gratuliere.

(509): Ich bin froh, dass du mir dieses Tattoo mit dem fliegenden Penis ausgeredet hast.

(205): omg. ist das seltsam. dieser typ ist mir 5 meilen im auto hinterhergefahren, um mich nach meiner telefonnummer zu fragen. ich glaub' er wär' mir noch weiter gefolgt, aber ich bin rechts rangefahren und hab ihn gefragt, was das soll.

(1-205): und – hast du ihm deine nummer gegeben?

(205): haha, jaaa. er hat sich ja auch sehr darum bemüht ...

(631): *tequila mockingbird* ist das schlechteste buch, das ich je gelesen hab.

(1-631): meinst du nicht *to kill a mockingbird*[15]?

(925): Hab tollen Blowjob gemacht. Den Chef angelogen. Aus dem Auto gekotzt, während ich nach Hause fuhr, um mich zurechtzumachen. Rauchte ein Pfeifchen. Tischte dem Chef noch 'ne

15 *To Kill a Mockingbird*, dt. Titel *Wer die Nachtigall stört*. Roman von Harper Lee, Anm. d. Übers.

Flunkerei auf. Knallte im Laufen gegen einen Hydranten. Willkommen an einem beschissenen Montagmorgen.

(860): zieh doch einfach 'ne kapuze über. wenn du 'ne kapuze anhast, bist nicht verpflichtet, mit wem auch immer zu reden.

(240): Ich glaube, Gott hat die Sonne erfunden, um mich zu bestrafen, wenn ich zu viel trinke.

(914): Bitte sag mir, dass auch du meinst, dass Smokey der Bär[16] das Potenzial hat, sich zu einem furchteinflößenden Serienkiller zu entwickeln.

(306): Ich singe in meinem Büro in inbrünstigem Flüsterton die Bohemian Rhapsody mit ... hab aber keinen Alkohol für den epischen Teil, also hab ich meinen Kaffee auf ex getrunken ... war nicht so episch.

(281): Süß! Da hatte dein kleiner Bruder nun seine erste Lesbe!

(610): Genau. Nur platonische Meer-Männer.

(240): Ich glaub', Meer-Männer haben sowieso keinen Penis – wo sollte der denn sein? Die haben doch keine Beine, zwischen denen so ein Ding hängen könnte.

(610): Ich bin sicher, irgendwie geht das schon ...

---

16 Smokey der Bär ist das Maskottchen der US-Forstbehörden. Macht auf die Gefahr von Waldbränden aufmerksam, Anm. d. Übers.

(707): Rücksichtslos, du bist immer online. Du hast deinen Porno auf dem Computer im Wohnzimmer laufen lassen. Dann bist du kaum mehr als einen Meter neben dem Stuhl eingeschlafen, deine Hand noch immer unten am Schritt. Wir beschlossen also, in ihre Wohnung zurückzugehen. Du weltbester wingman.

(559): mein Dad kam rein, um mir zum geburtstag zu gratulieren, und fand mich schlafend in meiner unterwäsche, bei brennendem licht auf dem bett und mit einem teller fleisch daneben. ich wette, in diesem moment war er stolz, mich gezeugt zu haben.

(515): nahm ihn mit nach hause. meinte zu ihm, ich würde seine welt rocken. Bin eingeschlafen. note 1 für meine bemühungen, note 6 für die ausführung.

(404): Bin nicht sicher, was letzte Nacht abgegangen ist, aber draußen sind vier Mini-Fahrräder und in der Frühstücksecke liegt ein weggetretener Typ, der mein Shirt anhat. Von ihm werde ich den Enkelkindern später mal nichts erzählen.

(614): Sie sagte, ich könnte mit ihr machen, was ich wolle. 20 Sekunden lang war ich ganz aufgekratzt, dann entschuldigte ich mich, drehte mich auf die Seite und schlief ein. Bei der Arbeit sitze ich ihr direkt gegenüber. Peinlich?

(630): Bin im Taxi eingeschlafen. Wachte auf, weil der Taxifahrer schrie SIR SIR WIR SIND AM BAHNHOF!! SIRRRR!!

(443): Bitte sag mir, dass ich gestern Abend beim Sex nicht eingeschlafen bin ... und falls doch, dann tut es mir sooooo leid.

(206): weißt du noch, wie ich mal aus der bar abgehauen und in einem straßenhäuschen eingeschlafen bin?
(206): weiß ich auch nicht mehr.

(973): haha, omg, du hast einem weggetretenen besoffenen indianer auf deiner veranda 185 Dollar geklaut und dann einen krankenwagen gerufen?
(630): leben retten ist nicht billig.

(403): sie sagte, ich hätte einen hübschen penis, da meinte ich zu ihr, das könnte nur bob saget und gott beurteilen.

(306): Jemand schrieb mir, du wärst als Nutte in einer der Toilettenkabinen unterwegs.
(1-306): Ich wusste gar nicht, dass ich bekannt genug bin, dass man mich hasst. Das ist toll.

(418): Ich hab nichts zu sagen, wollte dein Telefon nur zum Vibrieren bringen.

(506): haha, du meintest nur: »ich will, uh, keinen druck auf dich ausüben ...« und hast dir dabei dein t-shirt ausgezogen.

(514): ich esse mit 'ner gabel götterspeise aus der teetasse. cool, oder?

DER MORGEN
DANACH

(586): Wenn ich nicht an 14 Eiscreme-Sandwiches geschmiegt aufwache, fehlt mir was in meinem Leben.

(709): Schoss mir grade durch den Kopf – du solltest wissen, dass ich einen Penny ausgekotzt hab.

(212): Alter, letzte Nacht war ich total nüchtern, kotzte nicht auf meine Schuhe, bin mit einem unglaublich hübschen Mädchen nach Hause gegangen, habe ein Kondom übergezogen und wachte heute Morgen auch nicht in einer Urinpfütze auf.

(248): hah, sarkasmus, mustergültig.

(804): Bin gerade mit 4 Mädchen in meinem Bett aufgewacht. Entweder ich erinnere mich nicht mehr an die beste Nacht meines Lebens oder die denken, ich wäre schwul.

(508): bin mit 47 vorgarten-flamingos aus plastik in meinem bett und auf dem boden aufgewacht. gibt's dafür 'ne erklärung?

(1-508): du hast gesagt, das seien deine lakaien des bösen, die dich vor frettchen beschützen.

(860): in der nacht, in der wir sex hatten, hast du dein Sweatshirt hier gelassen, und geweint hast du auch.

(570): Wenn die vier apokalyptischen Reiter es miteinander treiben würden und ein Kind zusammen hätten, sähe es aus wie das Wesen, neben dem ich heute Morgen aufgewacht bin.

(859): Wir haben uns volllaufen lassen. Du hast dein Telefon von einem Dach runterfallen lassen und bist eine Beziehung mit einem Hund eingegangen. Würde sagen, der Abend war ein voller Erfolg.

(810): ich wachte unter meiner matratzenunterlage auf, er lag nackt neben mir und sein was-würde-jesus-tun-armband auf meinem nachttisch.

(1-810): allerliebst, genau das würde jesus tun.

(309): Ich wachte heute Morgen also im Bett eines Typen auf, kriegte es nicht gebacken, mit ihm zu vögeln, ging dann nach Hause und masturbierte. Das ist nicht die Art von Unabhängigkeit, die ich heute feiern wollte.

(512): Und, habt ihr nun Sex gehabt?

(214): Na ja, wir sind zwar beide nackt nebeneinander aufgewacht und auf dem Boden lag eine Kondom-Verpackung, aber ich kann mich nicht mehr erinnern. Zählt das nun?

(512): Definitiv nicht ... so hab ich's geschafft, meine Zahl während der gesamten Zeit am College unter 10 zu halten. Wenn du dich an nichts erinnerst, ist's nicht passiert.

(479): Oh und PS ... ich hab tief und fest geschlafen, bis ich vom lärm aufgewacht bin, den amy machte, die mit ihrer mutter telefonierte und hysterisch heulte, weil ihr dünnschiss nicht aufhört.

(202): Ich bin gerade im Einkaufszentrum aufgewacht, ohne Brieftasche, ohne Schuhe und mit einer Flasche O-Saft. Das kann nichts Gutes bedeuten.

(907): Ich bin heute Morgen aufgewacht und dachte, »Ich bin sicher, dass ich dieses Haus schon mal in einem Porno gesehen habe«. Sofort hab ich bei Google Maps nachgeguckt, wo ich bin.

(818): Als ich heute Morgen aufgewacht bin, hatte mir jemand »Typ in J. Crew-Unterhosen mit Eisbären-Motiv« und eine 5-stellige Telefonnummer auf den Bauch geschrieben ...

(207): Bin gerade neben einem Mädchen aufgewacht, das sich »links« und »rechts« auf ihre jeweiligen Handgelenke hat tätowieren lassen. Auf Französisch. Ich sollte das Trinken wohl besser sein lassen.

(208): Ich bin heute Morgen aufgewacht, weil der Summer meines Backofens losging ... Ich hab letzte Nacht 5 Stunden lang Fischstäbchen bei 425 Grad gebrutzelt. In meinem Haus riecht es fürchterlich.

(901): Alles wird gut, wenn du die Pille danach nimmst. Flipp nicht aus. Wenigstens hast du letzte Nacht niemandem in einer dunklen Gasse einen geblasen.

(216): mann, als ich aufgewacht bin, hatte ich 20 verpasste Anrufe von dir, 3 von einer unterdrückten Nummer und 13 Mailbox-Nachrichten und alle 13 lauteten »schick mir ein foto deiner titten«.

(814): ich gehe mal davon aus, dass du darauf nicht eingehst ...

(919): der erholsame sonntag geht langsam in einen müsste-zu-besprechungen-montag über.

(352): Bin gerade aufgewacht und stellte fest, dass ich in meine Boxershorts gekotzt hab, verdammt.

(904): Du hast Stil, wie immer.

(352): Das Übelste: ich hab's vergessen, bis ich sie mir angezogen hab.

(508): bin gerade aufgewacht und auf meinen titten steht »spaß-polizei«.

(848): bin neben meiner cousine eingeschlafen. als ich aufwachte, hatte ich meine hand in ihrem höschen, weil ich dachte, es sei lisa.

(937): hab seitlich unter meinem bett einen nuva-vaginalring gefunden. keine ahnung, von welcher tusse der stammt. werde einen anderen namen annehmen und nach portugal auswandern.

(813): Ich bin schlafwandelnd aufs Klo gegangen und beim Kacken aufgewacht. Mit Abstand eines der irritierendsten Ereignisse meines Lebens.

(262): Als ich aufwachte, schlief seine Katze auf meinem Gesicht und am Hals hatte ich Kratzspuren. Da kommt keine Freude auf.

(612): In diesem Bett ist offenbar nur für eine Pussy Platz.

(703): Wachte gerade auf, trug einen Zylinder und hatte Simpsons-Boxershorts an. Und in meiner Brieftasche steckte mehr Geld, als ich besaß, bevor ich ausgegangen bin, ungefähr 1000 Dollar mehr.

(215): Ich bin aufgewacht, hatte kein Hemd an und lag neben einem halb aufgegessenen gegrillten Käse.

(717): Und – hast du den gegrillten Käse schon angerufen? Oder wartest du die üblichen drei Tage ab?

(631): alter, ich bin nackt in ihrem vorgarten aufgewacht ... offenbar hab ich mitten in der nacht versucht abzudüsen, meine klamotten vergessen und mir gedacht, »oh, hier ist ein hübsches fleckchen wiese zum schlafen«. ich glaub, der liebe gott da oben lacht mich aus.

(207): Nach 45 Minuten hatte ich ein Blackout und als ich wieder aufwachte, einen Anruf von jemandem verpasst, den ich in meinem Telefon unter Karate Kid abgespeichert habe.

(805): Bin aufgewacht, als mir ein Typ 'nen Abschiedskuss gab und sich auf den Weg zum Unterricht gemacht hat. Ich weiß nicht, wo ich bin, hab gar nichts an, meine Unterwäsche ist weg und die Schuhe, die ich bei meinen Klamotten gefunden hab, sind nicht meine. Der Typ kam eben rein und gab mir mein Telefon. Ich hatte meine Periode. Komm mich abholen. Ich werd' zur nächstgelegenen Straßenkreuzung gehen und warten.

(813): mann, ich bin neben irgendeinem kerl aufgewacht. mein bh fehlt und den namen des typen weiß ich auch nicht. er hat aber einen schönen fernseher.

(480): bin um 5 uhr morgens in der spüle hockend aufgewacht und hab gepinkelt.

(919): Ich glaub' ich bin gestern Nacht besoffen nach Hause gekommen und hab mir die Schamhaare rasiert. Das Bescheuerte ist – ich hab über meinem Schwanz einen Schnurrbart stehen lassen.

(203): Es tut mir alles so leid. Als ich aufgewacht bin, waren zwei Polizeivorladungen an mein Hemd geheftet.

(978): Ich bin in voller Montur auf meiner Bettdecke liegend aufgewacht und hab mich nicht mal eingepinkelt ... bin so stolz.

(781): Bin gerade von ungeöffneten Snacks umgeben aufgewacht.

(415): Bin heute Morgen im Flur meines Wohnheims aufgewacht, als mir der Hausmeister seinen Eimer an den Kopf knallte. Neben mir lag ein ehemaliger Student, denn wir hatten uns aus meinem Zimmer ausgesperrt und wir konnten nicht rauskriegen, wo meine Mitbewohner steckten.

(210): ich hab in seine spüle gekotzt und dann einen messbecher benutzt, um wasser zu trinken, weil ich kein sauberes glas finden konnte. eben hab ich auch noch beim treppenruntergehen gereihert. wird ein langer nachhauseweg.

(925): ist meine schuld, ich bin eingeschlafen, statt zum pinkeln aufzustehen.

(306): So hatte ich das nicht geplant, es lag an der Art und Weise, in der sie weggetreten ist.

(915): Nachdem ich mit ihr rumgemacht hatte, schlief sie ein und fing an, im Schlaf zu pupsen. Sind wir sicher, dass Lesben heiß sind? Denn das war's wirklich nicht.

(856): Bin gerade mit einem Sandwich in meinem Mund im Cosi eingeschlafen … und die Leute haben's alle mitgekriegt.

(630): Britney ist auf der Couch in der Diele eingeschlafen, stand nackt auf und pinkelte dann auf den Fußboden. Anschließend zog sie sich an und ging in ihren Klamotten schlafen. Außerdem ist die Toilette unten verstopft. Ich war's nicht. Wenn du von der Arbeit nach Hause kommst, bin ich schon weg. Viel Vergnügen.

(805): Mann. Bin gerade oben ohne aufgewacht. Und bin offenbar mit einer Käse-Tortilla im Mund eingeschlafen. Ich kann fühlen, dass mich meine Leber hasst.

(514): Bitte sag mir, dass du ihr nicht gerade mit *Let's Get it On* ein Ständchen gebracht hast?

(1-514): Yeah, ich denke, es hat funktioniert. Mein Penis dankt dir, Captain Morgan.

(514): hast du lust, dich über die stripperinnen an ihrem probeabend zu amüsieren?

(1-514): die haben mich letztes mal rausgeschmissen, weil ich gelacht hab.

(613): auf meinem nachhauseweg mit matt hockte ich mich auf dem bürgersteig irgendwie auf steve und befragte die passanten, ob wir sex miteinander haben sollten oder nicht.

(416): mann, hab gerade zum ersten mal in meinen slip abgekackt, ist ja eklig.
(647): hast du etwa gedacht, scheiße in der hose zu haben wäre lustig?

(419): war gerade ein paar lebensmittel einkaufen. eine kassiererin sagte, sie hätte mich gestern nacht gesehen. ich glaub', ich hab einen besen von der party mitgenommen und auf dem gesamten nachhauseweg die straße gefegt ... und behauptet, ich gehörte zur besetzung von *wicked – die hexen von oz.*

(604): Meine Füße riechen nach Käse. Krieg davon Hunger.

(705): Ich finde, ordentliches Abkacken ist sehr viel befriedigender als ein Orgasmus. Deshalb bin ich vermutlich Single.

(604): In meiner Kotze ist Papier.

(843): Reibe meinen Hintern am Schritt meines Neunte-Klasse-Lehrers. Träume werden tatsächlich wahr.

(847): ich hab ambien eingeschmissen und war TOTAL AUF DEM TRIP... ich ging ins zimmer meiner mutter, um gute nacht zu sagen, und erinnere mich an nichts mehr ... sie sagte, ich wär richtig sauer auf sie gewesen, weil wir im Keebler-Elfenbaum[17] wohnten und sie andere Bäume aufsuchte, dann hab ich angefangen hysterisch zu lachen und sie fragte

---

17 Keebler ist eine US-amerikanische Keksmarke, die mit Elfen-Zeichentrickfiguren wirbt, Anm. d. Übers.

»was ist so komisch?«, darauf ich, »auf meinen knien sitzen 7 leute«, und sie, »tut das nicht weh?« und ich sagte, »nein, wir sitzen in einer schüssel«. dann brach ich das gespräch ab, sagte »schließ dich dem verrückten gefolge an, kumpel« und schlief ein.

(520): Wenn ich ein Junge wär, würde ich meinen Penis Reptar taufen.

(775): bevor smithy mich umbringt, muss ich dich noch 3 dinge wissen lassen. 1) hab gestern nacht mit smithys kleiner schwester rumgemacht. 2) ich werde dich immer wie meinen eigenen bruder lieben. 3) smithys kleine schwester steht auf anal.

(978): Geh ans Telefon, wenn ich dich in einer Sekunde anrufe. Wurde gerade von der Polizei angehalten, weil mir während der Fahrt einer geblasen wurde. Werde dich heimlich auf die Freisprechanlage schalten, könnte ganz gut werden.

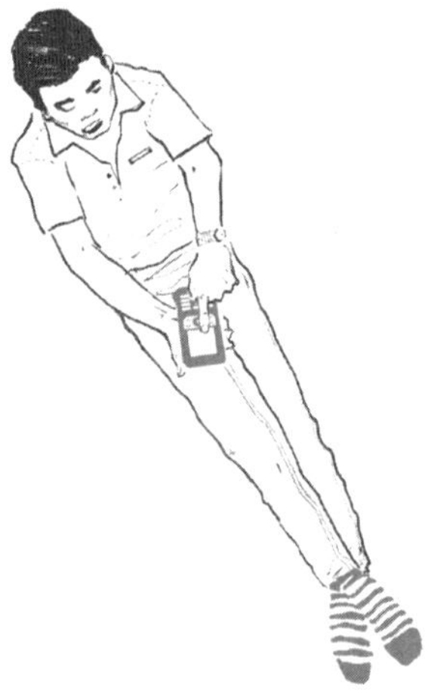

SINNES-IRRITATIONEN

. . . .

[GERÜCHE]:

(812): Bin im Strip-Club und trage ein Stirnband zur Schau, denn wegen *Rock of Love*[18] sind solche Dinger so was wie deren Kryptonit. Ich rieche nach Stripper-Butter und Kinderhilfe.

(304): Ich rieche Magensäure.

(631): Hätten Ritalin und die Pille danach ein uneheliches Kind, würde es nach mir riechen.

(508): er riecht wie das innenleben von heather mills beinprothese.

(714): mein zimmer riecht nach sperma. süß.

(678): Unser Haus riecht nach wochenalter Pizza, Bierdosen, Zigaretten und deprimierenden Berufslaufbahnen ... besorge mir Lysol.

(630): Mein Bett riecht nach Nacktheit.
(414): Haha. Immerhin riecht es nicht nach Herpes.

(310): dein zimmer riecht nach nutten.
(904): Und nach Erfolg.

(585): Sie ist um die 40 und ich könnte sie nicht mal mit 'ner Stange Dynamit

18 Bei *Rock of Love* handelt es sich um eine US-Datingshow, Anm. d. Übers.

wach kriegen. Meine Bettwäsche wird morgen mit Glitzer-Lotion vollgeschmiert sein und nach Trauben-Wodka und zerbrochenen Träumen riechen.

(585): Sind Scheidungspartys nicht spaßig?

(1-585): Du und ich haben sehr unterschiedliche Definitionen von Spaß.

(256): Meine Haare stinken nach Homosexualität.

(301): Meine Hände riechen wie die U-Bahn – nach Wichse und ähnlich Geilem.

....

.[GESCHMACKSRICHTUNGEN]:

(203): es schmeckt, als fände in meinem mund 'ne party statt und alle würden abkotzen.

(901): Ich bring heut Abend Wein mit. Ist ein Merlot aus Nashville. Ich wette, er schmeckt nach Untreue und Teenager-Schwangerschaften.

(401): mein mund riecht nach fehlentscheidungen.

(678): Was trinkst du?

(404): Beschissenes Coors-Bier, light. NAM NAM NAM SCHMECKT NACH HIGH SCHOOL.

(540): das thema gestern abend war, glaub' ich, »reue«. ich konnte es in meinem mund schmecken und bin direkt neben ihm aufgewacht.

(918): Sie sah aus wie Cheddar, schmeckte aber wie Limburger ...

(732): mein muhund schmeckt wiehs im zoo rieschtttt.

(814): Ich erklärte ihm, dass es nach seiner Mutter geschmeckt hat ... klar, dass wir gebeten wurden zu gehen.

(321): Mein Mund schmeckt nach Niederlage. Hatte er wenigstens Geld?

(970): Alkoholfreies Bier zu trinken ist das Gleiche wie die eigene Cousine zu lecken.

(970): Schmeckt sicher genauso, wär aber nicht richtig.

(239): Ich werde dich nicht mal danach fragen, woher du weißt, wie Chlamydia schmeckt.

....

[ANBLICKE]:

(480): sie sah aus wie die fledermaus aus *fern gully*[19].

---

19 *Fern Gully: The Last Rainforest* ist ein Zeichentrickfilm, Anm. d. Übers.

(216): Mein Blind Date ist eingetroffen. Sie sieht aus wie etwas, das ich mit der linken Hand gezeichnet hab.

(570): Sein blödes Grinsen sieht aus, als wäre er mitten beim Ejakulieren.

(518): Er sieht aus wie eine Mischung aus pensioniertem Klavierlehrer und einer Katze, die gerade eine Socke verschluckt hat.

(217): sie sieht aus wie ein gepäckstück, das aus dem flugzeug gefallen ist.

(+44): Was für ein Problem haben die Leute mit meinem Kostüm?!

(1+44): Es sieht aus, als wär aus deinem Gesicht ein Einhorn gewachsen.

(518): Sie sieht aus wie Robin Williams verkleidet als Frosch.

(773): Brautjungfernkleid passt. Ich seh aus wie ein Stehaufmännchen und Michelle wie Malibu-Barbie. Ich sollte mir immer wieder vergegenwärtigen, dass sie total Herpes-verseucht ist – das Spielfeld hat mehr Ebenen, als man zunächst meint.

(616): Spritz ihn NICHT nass, falls er wie ein Gremlin aussieht.

(410): Er sieht aus wie Jesus, wenn Jesus sich hätte gehen lassen.

(954): Hast du je angefangen, ein Mädchen zu ficken, und dann festgestellt, dass sie irgendwie deiner Mutter ähnlich sieht?

(404): Mein Penis sieht aus wie eine Rolle Pennys.

(303): Oh. O. k. Hab die Andeutung verstanden.

(404): Wie eine Rolle Pennys, deren Papier feucht wurde, dann getrocknet ist und nun zerknittert und seltsam aussieht ...

(201): Smith sieht aus wie ein Typ, der zu einer Menge erster Dates geht.

(919): Ich finde, deine Mutter sieht aus wie eine Kreuzung aus Esel und Elefant, aber ihre Titten sind perfekt.

(250): Sie ähnelte irgendwie Mario Batali[20]?

(603): du bist nicht nur nicht das mädchen, in das ich mich verliebt hab, von deinem aussehen her müsstest du sie sogar aufgefressen haben.

(212): Mann, sie sah aus wie die Fingerknöchel von Jerry Garcia.

(818): alter, im moment seh ich aus wie john mccains nacken.

(309): Ihr Tattoo sah aus, als hätte sie's mit Blowjobs bezahlt.

---

20 Mario Batali ist ein US-amerikanischer Fernsehkoch

DRINKS

. . . .

[TEQUILA]:

(434): Nach Tequila & Apfelsaft kann ich mich an gar nichts mehr erinnern. Vielleicht hab ich ja das Rezept für mentales Ausbleichen entdeckt.

(250): kannst du dich noch daran erinnern, wie wir alle in diese badewanne passen konnten?

(1-250): tequila.

(425): ich versuche die tequila-fahne mit pfefferminzeis wegzukriegen, phil versucht's mit frischkäse, bashar probiert's mit essiggurken ... ich glaub' wir wissen alle, wer der gewinner ist ...

(215): Ich finde, Tequila sollte man mit einem kleinen Herrjemine! kippen.

(518): Wow ... Hab im Kopf mal durchgerechnet, wie mein Kontostand aussehen müsste & mir dann gesagt: »Ich habe 27 Dollar und eine Flasche Tequila, bis Dienstag müsste das reichen.«

(212): ??? Als ich sie in der Bar kennenlernte, erklärte sie mir, sie sei 23. Nachdem ich ihr 3 Tequila ausgegeben hatte, sagte sie mir, sie sei erst 21. Und als wir dann bei mir angekommen waren, meinte sie, eigentlich sei sie erst 19. Im Moment schläft sie noch neben mir, mit nacktem Hintern. Ich fürchte, wenn sie ihren

Mund wieder aufmacht, könnte ich mich neben einer Zehnjährigen wiederfinden.

(860): Wie kommt es bloß, dass ich jedes Mal, wenn ich Tequila trinke, auf meinen Couchtisch pisse?

(203): Schon wieder?

(949): Es hilft, wenn du unmittelbar vor dem Kotzen ein Gläschen kochend heißen Tequila kippst. Kleiner Trick, den ich gelernt hab.

....

[WODKA]:

(404): Mmmm, Wodka zum Frühstück.

(978): es stellt sich heraus, dass mit wodka gefüllte kondome nicht so komisch sind.

(519): Bin mit Wodka in der Hand bei *Fluch der Karibik* eingeschlafen. Als ich wieder aufwachte, lief Jenna Jameson[21] und der Wodka war weg.

(501): in der wohnung unter mir gibt's wieder streit. komm doch vorbei, dann können wir sie beim versöhnungssex belauschen. und lass uns auch skittles[22]-wodka kippen.

---

21 Jenna Jameson ist eine berühmte Pornodarstellerin, Anm. d. Übers.

22 Zuckerumhüllte, farbige Kaudragees, Anm. d. Übers.

(407): Alter, beeil dich und komm vorbei. Ich brauch 'nen wingman. Sie hat inzwischen den 6. Wodka intus und ihr hässlicher Freund vor Ort ist immer noch nüchtern.

(443): Hab also Sonntag besoffen bei einem meiner Chefs zu Hause angerufen und ihm erklärt, dass ich seiner Frau den Mund durchficken würde, wenn er mir keine neue Stelle anbietet. Heute bin ich aufgefordert worden, nach Hause zu gehen. Vielen Dank, Wodka.

(209): hab ein taxi genommen, da fragte mich der fahrer, was ich getrunken hätte – wodka, sagte ich, und er: »mit wodka kann ich mich nicht besaufen, hab dann immer das gefühl, ich würd' mich gerade selbst gebären ...« kein kommentar.

(207): sachen, die eine rolle gespielt haben: wodka, körperteile von 'nem kerl, möglicherweise auch fotos von mir auf einem handy. sachen, die gestern nacht KEINE rolle gespielt haben: mein bh, seine hosen und nüchternheit.

(253): Also zum Einstieg trink ich Wodka aus einer Paprikaschote.

....

[BIER]:

(904): das beste an einem dollar-bier-abend ist, dass bier nur einen dollar kostet.

(910): wow, wieso verdammte scheiße hatte ich 'ne zeche von 80 dollar?
(910): ES WAR DOLLAR-BIER-ABEND!

(847): Warum bist du schon so früh gegangen?
(224): Bier war alle. Außerdem. Flotter Dreier. Eventuell. Werd's dich wissen lassen.

(231): wir sind beide beim bier-wettsaufen weggetreten, morgens aufgewacht und haben mit kaffee-wettsaufen weitergemacht, um unseren kater zu kurieren.

(415): Hab schon wieder meinen Personalausweis liegen lassen, diesmal bei einem Spiel der Giants. Jetzt wurde mein Waffenschein beim Bier kaufen schon zum zweiten Mal als Ausweis akzeptiert.

(859): es ist 4 uhr morgens, ich trinke bier und trockenmaure mein badezimmer. ist vielleicht keine gute idee.

(570): Sie sagte, ich sei echt unreif, aber egal ... oh, wir haben übrigens gerade ein Klo gekauft und es zu einem Bierspender umgebaut, komm doch vorbei.

(937): Das sollte jeder wissen – Ramen-Nudeln in Bier gekocht hört sich zwar gut an ... schmeckt aber nicht.

[WEIN]:

(402): Hab letzte Nacht einen Beutel Wein als Kopfkissen benutzt.

(404): Entdeckte auf TFLN[23], dass jemand einen Beutel Wein als Kopfkissen benutzt hat. Hab's gestern Nacht ausprobiert. Ich vergaß, die Tülle fest zu verschließen. Ich wachte auf und dachte, mein Gesicht hätte seine Tage.

(770): Wir haben uns heute Abend bei der Arbeit so gelangweilt, dass wir uns im Trockenlager den eingepackten Wein, den wir zum Kochen nehmen, gegenseitig in den Mund gossen. Ich glaube, langsam verstehe ich den Aspekt »Problem« beim Wörtchen »Alkoholproblem«.

(902): vielleicht ist es an der zeit, schluss zu machen, wenn du rotwein mit 'nem strohhalm aus einem großen glas trinkst.

(509): Ich trinke ein kleines Glas Wein in der Hoffnung, dass es mich wieder etwas belebt. Ich glaub', meine Leber hat grad ein bisschen aufgeschrien.

23 TFLN: Website von Texts From Last Night (SMS von letzter Nacht), Anm. d. Übers.

[WAS AUCH IMMER]:

(571): endabrechnung. 18 bier. 4 baileys. 2 wodka. 1 glas champagner. hab 8 stunden lang in den garten gekotzt, nachdem ich mein telefon in irgendeiner wiese verloren hab. hab möglicherweise fangen mit mir selbst gespielt.

[WER WAR DER BESTE?]:

(714): wir kippen wodka und klatschen uns dabei ab.

(201): Ich kippe Wodka und hau mir anschließend Fritten rein.

(503): wir kippen wodka und spülen mit eierlikör nach.

(971): Im Juli?

(206): er hatte sich gerade über mich hergemacht, da hielt er plötzlich inne und fing an, in seiner nase rumzupuhlen ... ich fragte ihn, ob mit ihm alles o. k. wäre, da guckte er mich irgendwie verdattert an und erklärte mir, ein popel würde ihn zwicken. glaube, ist ganz gut, dass ich ohnehin nicht die absicht hatte, mit diesem typen eine beziehung einzugehen.

(734): ich hatte pilze eingeworfen und sie schluchzte. ich versuchte, mitfühlend zu sein, aber ich konnte sehen, dass die venen unter ihrer haut wie würmer arbeiteten. und dann flutschte ihr gesicht bis auf die muskeln runter.

(1-734): warum hat sie geweint?

(734): ich würde sagen, weil sie keine haut mehr auf dem gesicht hatte, aber vielleicht hat sie ja auch ihren job verloren.

(847): ich hasse es, wenn man 'ne menge kackt, sich den arsch abwischt und dann keine rückstände am klopapier hängen bleiben. ich hab dann das gefühl, als würde mir mein arsch was vorenthalten. das musste ich einfach mal jemandem erzählen.

(403): Ich bin echt so gelangweilt, dass ich gerade versuche rauszukriegen, in wie vielen zimmern ich masturbieren kann, bis ich erwischt werde.

(403): Vier. Arme Oma ...

(860): Wurde gerade beim Pinkeln ausgebuht und gefragt, ob ich »das einen Penis nenne«. Werd' sehen, dass ich so schnell wie möglich aus dem Yankee-Stadion verschwinde.

(404): heute morgen erklärte mir meine mutter, ich solle mir einen neuen vibrator besorgen, weil meiner gestern nacht zu laut gewesen sei.

(404): ich bin eingeschlafen als ich eine kochsendung schaute. es war der mixer, den sie gehört hatte. ich hab nicht mal einen vibrator

(613): sie war so zugedröhnt, dass sie anfing, geschirrspülreiniger zu trinken.
(613): ich weiß nicht, was komischer ist – das oder der umstand, dass der giftnotruf um 2 uhr nachts feierabend macht.

(562): Egal. Sie haben den gleichen Namen, ist also gar keine richtige Betrügerei, sondern Markenloyalität.

(908): das mädchen, das in der vorlesung vor mir sitzt, guckt auf ask.com nach, was chlamydia ist.

(604): Ich hab zielgenau in mein Waschbecken gekotzt. Eifersüchtig?
(778): Irgendwie schon. Mir wäre die Kotze nur über's Kinn gelaufen und weit neben dem Waschbecken abgetropft.
(604): Ohh, das ist mir passiert, nachdem ich angefangen hab zu heulen.

(972): ** ich HäTTe lUSt mEine niCHte abZUwatschen, die mEInT es sEi puTZIg so ZU SCHreibeN**

SOLCHE
LEUTE SOLLTE
MAN KINDERN
NICHT ZU NAHE
KOMMEN
LASSEN.

(314): Da ist 'ne Frau bei Starbucks, die mich dauernd mit ihrem Kinderwagen rammt.
(818): Kleb ihrem Baby eine.

(973): mein 3 jahre alter cousin ist gerade aufgewacht und hat dabei »ER WIRD NICHT SCHLAPP« geschrien.

(404): So zu tun, als wollte man einem 9-jährigen Mädchen eine in die Fresse geben, war – rückblickend betrachtet – für eine Klavierunterrichtsstunde eine furchtbare Analogie.

(209): ist es falsch, mittelschüler auf einen trip zu schicken?
(1-209): ja ... du meine güte, was hast du getan?
(209): hähähäh. frag in ungefähr 20 minuten deinen kleinen bruder. ich setz ihn gleich ab.

(413): Ich hab gerade einem Typen, der ein Baby auf dem Arm hatte, Gras verkauft ... bin ich deshalb ein schlechter Mensch?

(812): Irgendjemand hat die Baby-Puppen in Sex-Stellungen arrangiert.

(340): hab gerade eine prostituierte mit einem kinderwagen gesehen ... die frage ist ... wenn das baby dabei aufwacht – ist der blowjob dann kostenlos?

(707): Ich finde immer noch, dass ihr Baby hässlich ist. Außerdem glaube ich auch weiterhin, es ist deins.

(201): Wenn mich meine Kinder fragen, wie ich meine Jungfräulichkeit verloren hab, werde ich ihnen von einer sagenumwobenen Sache namens »Myspace« erzählen müssen, und wie man von Fremden dank schlauer Zitate und Bilder in ihre »Liebeshöhle« gelockt werden konnte.

(313): Ich hab im Denny's das Klo so lange besetzt gehalten, dass sich ein kleines Kind deswegen in die Hosen geschissen hat und heulend zu seiner Mutter gerannt ist. Bin ich ein schlimmer Mensch, wenn ich das als den stolzesten Moment in meinem Leben betrachte?

(405): So müde, und heute hatten wir eine Kokstussi im Laden, die ihren ganzen Schopf hat bleichen lassen, weil sie meinte, so käme sie wegen des Sorgerechts für ihr Kind durch den Drogentest.

(1-405): Oh.Mein.Gott.

(804): OmG, dieses Kind, auf das ich aufpasse, bastelt einen Penis aus Knete, ahhhh.

(804): Jetzt hat er für mich einen »Baby-Penis« gerollt, im Gegensatz zu seinem »großer Junge«-Penis, den er zuerst geknetet hat … hat mich gerade aufgefordert, ihm einen Penis zu kneten.

(202): die stripperin hat mich nach hause geschickt, weil sie heut vormittag ihr kind zu einer geburtstagsparty bringen muss.

(604): Ich hasse dich und ich hoffe, dass du bald Babys kriegst, die du sehr liebst. Dann werd ich sie dir klauen und sie an Haie verfüttern, und du wirst so verzweifelt sein, dass du danach nie wieder Kinder haben willst, und du wirst dich den ganzen Tag lang nur noch in einem dunklen Zimmer verstecken und dich fragen, wie jemand die Babys eines anderen Menschen an Haie verfüttern kann.

(925): »Seit ich ihr Kind umgebracht hab, hat sie sich nur noch seltsam benommen.« Das hab ich tatsächlich gerade zufällig mitgehört. Oh Gott.

(570): Bin heute Morgen in einem seltsamen Bett aufgewacht, und da war ein Kind, das einen Akzent hatte und mit meinen Füßen spielte.

(402): offensichtlich keine gute idee, neugeborene zum spaß bei der flughafen-sicherheitskontrolle durchleuchten zu lassen. mütter verstehen den witz dabei nicht.

(717): Aber warum hat sie das Baby dann auf's Förderband gestellt?

(785): Ich frage mich, wie viel Prozent von den Toys-R-Us-Sachen letztlich zu Sexspielzeugen werden …
(1-785): In meinem Fall? 100 %

(206): Manchmal werde ich ganz depressiv bei dem Gedanken, dass mein Sohn zu jung ist, um zu begreifen, was für eine heiße Braut seine Babysitterin ist.

(215): ich bin so besoffen wie die *Barefoot Contessa*[24]. SIEH ZU, DASS DU AUF MEIN NIVEAU KOMMST.

(609): Mann, hör auf, dir schon während ernährungsberatungssendungen einen anzusaufen.

(570): Selbst wenn Billy Mays eine Dauerwerbesendung über deinen Schwanz machen würde, fändest du trotzdem noch niemanden, der mit dir fickt.

(818): würd' ja gern mal wissen, wie sich die vagina von megan fox anfühlt.
(615): wie göttlich durchnässter schinkenspeck.

(973): Herpes hat 'ne Menge mit Arnold Schwarzenegger gemeinsam. Herpes kehrt nämlich immer wieder und hat außerdem in gewisser Weise Kalifornien unter Kontrolle.

24 Der Name einer US-Fernsehkochshow, deren Moderatorin ständig betrunken ist, Anm. d. Übers.

(612): Ich glaube, Tonya Harding ist in meiner DWI-Klasse[25]!

(763): Frag sie, wie sie und Jeff Gillooly nach der Trennung die Katzen untereinander aufgeteilt haben.

(773): er ist der Salvador Dali der Schamhaar-Rasur.

(970): Hab gerade festgestellt, dass Britney Spears und ich uns ähnlicher sind, als ich dachte. Bei uns beiden kontrollieren die Eltern total unser Leben, beide haben wir Kontaktverbot zu ehemaligen Liebhabern, und wir wissen beide auch ganz genau, dass wir 'ne unglaubliche Show abziehen können.

(650): die nacht, an die ich mich nicht mehr erinnern kann, wird für alle zeiten die nacht sein, an die ich dank meines »i <3 spencer pratt«-tattoos immer wieder denken muss ...

(850): so langsam sieht paul mccartney angela lansbury immer ähnlicher.

(512): Ich glaub' ich hab mich Paul Rudd gegenüber wie ein Arsch verhalten.

(612): da hab ich begriffen, warum R Kelly auf diese schlampe gepinkelt hat.

(540): du bist wie der Cesar Millan[26] der Ständer ... du gehst damit auf einer ganz anderen Ebene um.

---

25 DWI (driving while intoxicated): Alkohol- oder Drogenmissbrauch am Steuer, Anm. d. Übers.

26 Cesar Millan ist ein aus dem Fernsehen bekannter Hundetrainer, Anm. d. Übers.

(540): Manchmal denke ich, wie cool es ist, dass ein Schwanz, der in Kate Moss steckte, nun auch in mir gesteckt hat. Ist so aufregend.

(941): Ich finde, dass wir als Menschen Rechte haben und wenigstens gewarnt werden sollten, bevor wir Fergies Musik ausgesetzt werden.

(845): Wenn Curt Schilling in der Lage war, trotz seiner blutgetränkten Socke einen spielentscheidenden Wurf zu landen ... wenn Tiger Woods es geschafft hat, mit einem Bänderriss die US Open von 2008 zu gewinnen, dann muss ich doch eine Peinlichkeit für die Menschheit sein, wenn ich's nicht mal schaffe, ihn zum Abspritzen zu bringen, auch wenn ich halt immer noch geweint habe, nachdem er mir den Schwanz in den Arsch gesteckt hatte.

(813): Ich bin (nicht zu Hause) aufgewacht und musste feststellen, dass ich Ryan Caberra geküsst, für Frei-Pizza meinen Busen entblößt und einen aufblasbaren Elch namens Johnson mit mir rumgetragen habe. Echte Glanzleistung.

(716): Hab gerade einen Hund gesehen und dachte, »Hey, 'ne Ziege!« Dann stellte ich fest, dass es ein Hund ist. Jetzt bin ich traurig.

(705): Fantastische Nacht. Hab Bier aus einer Weinflasche getrunken, auf einem Transporter getanzt, bin hinter einem Lama hergejagt und von einem Zaun gefallen.

(215): Leichte Sommerkleider, Hüte und große Sonnenbrillen. Das ist das Raffinierteste, was der Teufel Frauen je beigebracht hat.

(330): Ich hab keine Ahnung, wo ich bin, aber das Essen im Kühlschrank ist klasse.

(724): kann außerdem sein, dass ich gerade ein cape trage oder auch nicht. heißer tipp: trage eins.

(314): er hat eine freundin, also haben wir meine Stofftiere benutzt, um so zu tun, als hätten wir sex.

(970): Mir ist gerade wieder eingefallen, dass du letzte Nacht, als wir unseren Rausch mit Laufen an der frischen Luft ausnüchtern wollten, sagtest, »Tu doch mal so, als wär ich dein Saurier-Haustier«. Also hab ich dich an einer unsichtbaren Leine herumgeführt, und du hast dabei wie ein Tyrannosaurus Rex laut gefaucht.

(413): auf seiner facebook-seite sind immer so sachen wie zitate von britney spears.

(201): Ich rauche Gras aus 'ner Trompete.

(908): Und ich bin gerade die Treppen meines Wohnhauses runter und hab dabei 'ne Frau gevögelt.

(201): Unentschieden.

(513): Mann, irgendjemand hat alle Kontakte in meinem Telefon in »Ich mag Eier« umbenannt.

(717): Titten sind wie Gutscheine für kostenlose Sachen.

SCHWULER
STOLZ

(512): Manchmal frage ich mich, ob mein Freund mystische christliche Theologie studiert, weil er Angst davor hat, sich zu outen. Offenbar ist es okay, zu erklären, man sei von Gott erfüllt, nicht aber, dasselbe von Kerlen zu sagen.

(323): Schwules Selbstwertgefühl war eine großartige Sache, denn erst jetzt können so richtig ermessen, wie weit wir es als Schwule gebracht haben!

(206): Süßer, wenn du immer noch Ecstasy-zugedröhnt Fremde hinter dem WeHo Sonic fickst, sind wir nicht weiter als 2003 ...

(561): Bin in einer Hetero-Bar und Poker Face lief gerade ... muss ... dem Drang, den Schwulen raushängen zu lassen ... widerstehen.

(915): Warum spielen die das in einer Hetero-Bar? Ich dachte, da läuft immer nur *Don't Stop Believin* und *Wonderwall*

(301): Verdammt, ich wollte, dass dieser wunderbar leidenschaftliche homo bei *american idol* [27] gewinnt ... nun ist's als hätten wir die abstimmung über die homo-ehe verloren ... wieder mal.

27 Bei *American Idol* handelt es sich um eine Casting-Show, Anm. d. Übers.

(636): Ich mach mich jetzt in meinem Bananen-Kostüm in einen Schwulenclub auf. Du solltest auch kommen. Mein Bruder geht als Pirat. Keine Ahnung, ob die einen Themenabend haben.

(267): ich hab gegen die proposition-8[28]-deppen gestimmt. mehr hochzeiten = mehr KUCHEN

(617): Du bist das Einhorn der Schwulengemeinde. Sagenhaft und unerreichbar.

(313): Jedes Mal, wenn peinliche Ruhe herrscht, wird gerade ein schwules Baby geboren.

(516): Als bekennender Schwuler hab ich anscheinend meine Überheblichkeit abgelegt.

(609): Wow, bei der Seniorenwoche erfährt man Neues über sich selbst.

(1-609): Ist das dein Ich-bin-schwul-Bekenntnis?

(563): Bin in der Schwulen-Bar und mein Vater hat mir gerade ’ne SMS geschickt, wonach ich »alle knackigen Schlampen von ihm grüßen« soll. Denke, das erklärt meine Kindheit.

(954): Alter, ich glaube nicht, dass ich je ein Mädchen für mich finde ...

(1-954): Willst du mir damit sagen, dass du schwul bist?

---

28 Gesetzesvorlage gegen die Legalisierung der gleichgeschlechtlichen Ehe in Kalifornien

(416): Wenn ich heute Nacht nicht nach Hause komme, bin ich in einem Haufen Schwuler gestorben.

(804): Schwuler als 8 Kerle, die 9 Kerlen einen blasen.
(1-804): Wow, da hält man echt inne und wird nachdenklich.

(917): Eigentlich bin ich mir nicht so ganz sicher. Bis ich mich (erst vor ein paar Wochen) in einen Jungen verliebt hab, dachte ich, ich würde mich nur rein körperlich zu Männern hingezogen fühlen.
(210): Du warst demnach schwul ... und dann hast du festgestellt, dass du sogar NOCH schwuler bist.

(313): Es ist also nicht homo, wenn man aus Forschungszwecken mit einer anderen Frau Sex hat?
(1-313): Und wenn ich zu Entspannungszwecken Sex mit einer Frau hab?
(**313**) Das ist homo.

(708): Wir müssen das durchstehen und anfangen, miteinander rumzumachen, um Freigetränke zu kriegen. Nicht auf Homo. Aber nach dem Motto «I kissed a girl and got free drinks".

(1-708): Lass es uns machen. Aber ganz auf Homo.

(323): Ich hab dir deine Nutten-Krone ein für alle Mal weggeschnappt.

(239): Mit großer Macht geht große Verantwortung einher.

(202): bezogen darauf, wer hier heut nacht aufgekreuzt ist, sollte der ganze abend nur noch mit »fehler, die ich machte, als ich fett war« überschrieben werden.

(203): Es war wie eine Mary-Poppins-Tasche, aber eben eine Mary-Poppins-Tasche mit sexuellen Inhalten.

(520): Als One-Night-Stands betrachte ich die nicht, vielmehr als Teilnehmer am Talentwettbewerb.

(317): Wenn ich bei dem Gedanken, einsam und ungeliebt zu sterben mal nicht ausflippe, genieße ich das Single-Dasein total.

(+27): Ich liebe sie wirklich, aber ich glaube nicht, dass ich für den Rest meines Lebens auf anal verzichten kann.

(954): jeder ist single – wenn er sich wirklich mühe gibt.

(610): Fände es toll, wenn wenigstens einmal ein Mädchen mit Dracula-Stimme zu mir sagen würde: ich will ... deinen Schwanz ... aussaugen ...

(504): Ein solches Maß an Neurose ruft außerhalb von *Grey's Anatomy* keine Gegenliebe hervor.

(516): Daten ist nicht unbedingt eine der Stärken unserer Generation. Wir repräsentieren eher eine Ära, die gut darin ist, flach gelegt zu werden.

(206): würdest du es als investition betrachten, jemanden mit zahnspange zu daten?

(858): Jemandem ins Gesicht zu spritzen heißt »Ich liebe dich« in der Sprache der Porno-Stars.

(860): Ich bin in dich verliebt.
(1-860): huh?
(860): Kein Grund zur Sorge. Soll nur heißen – hättest du einen Schwanz, würd' ich ihn lutschen.

(775): Hab sie gerade gefragt, welcher Körperteil eines Kerls ihr der liebste ist. Der Sack, hat sie gesagt. Ich bin verliebt.

(845): Heute morgen hat mir *California High School* gefehlt, aber in einer späteren Episode von *Der Prinz von Belair* hielt Ashley die Morgenlatte am Leben.

(805): Meine Cousins haben gerade beschlossen, ein Katapult zu bauen, um Opas Asche zu verstreuen. Ich liebe meine Familie.

(909): Das muss echte Liebe gewesen sein.

(604): Sich eine Tüte Doritos[29] einzufahren und sich dann gegenseitig zu lecken, nenne ich nicht echte Liebe.

(267): Aufgeschnappt: »Seine Freundin fickt ihn bei ausgeknipstem Licht. Das wird sicherlich nichts ernstes.«

(716): lmao. Also meiner Meinung nach ist's keine Liebe, wenn du vor dem Anblick seines Anus zurückschreckst.

(609): Wenn ich Verliebte sehe, würd' ich am liebsten kotzen.

(212): ich hasse dieses licht. bei diesem licht würd' ich mich nicht mal selbst abschleppen.

(518): Anthony hätte von gutem Sex nicht mal dann eine Vorstellung, wenn ihm die Möse direkt auf dem Gesicht hocken würde.

(703): Hey, wie sagt man auf Italienisch »Oh je, das war jetzt noch nicht vorgesehen«? Ist ziemlich eilig.

---

29 Bei Doritos handelt es sich um scharfe Tortilla-Chips, Anm. d. Übers.

ERFÜLLTES
LEBEN

(651): Hab ein Mädchen gefickt, das ein Darth-Vader-T-Shirt anhatte. Kannst du also von meiner Liste streichen.

(801): Hab heut Nacht mit Erfolg den Houdini gegeben. Hak das auf meiner Liste ab.

(832): Sex auf einem Spielplatz kann ich nun von der Liste meiner Lebensaufgaben nehmen.

(443): Sachen, die auf meiner To-do-Liste fürs Leben stehen: mal ein Pfund Marihuana zu besitzen. Abgehakt.

(321): Sex mit einer tusse im kino können wir jetzt also von der liste der dinge streichen, die wir vor unserem tod schaffen müssen.

(510): Hab gerade einen Zwerg gesehen, der auf einem Motorroller vorbeigefahren ist ... und 'ne Fliege und einen Helm trug. Mein Leben ist vollkommen.

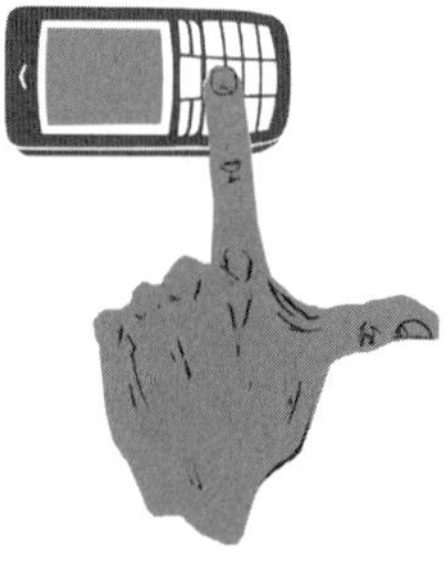

DEN STAATEN
KLISCHEES
VERPASSEN

. . . .

Alabama

(870): Nur in Alabama spielen sie Hymnen in einer Bar!!!

. . . .

Arizona

(480): Kann sein, dass Gott die Welt in 7 Tagen erschaffen hat, aber ich kann dir fast garantieren, dass Satan persönlich für die Erschaffung Arizonas verantwortlich ist.

. . . .

Arkansas

(615): in arkansas gibt's eine tankstelle, die kum and go[30] heißt ... die geschichte meines lebens

. . . .

Colorado

(303): ein joint und nerds rope[31] = frühstück der champions für die arbeitslosen.

---

30 Kum & Go ist tatsächlich der Firmenname. kum = to cum = abspritzen, kum and go = spritz ab und zieh weiter, Anm. d. Übers.

31 Nerds Rope: Süßigkeit mit gummiartigen Schnüren. Anm. d. Übers.

Connecticut

(203): Mein Tag ist ruiniert!
(212): Warum? Hat die kleine Miss Connecticut ihren Tennisschläger in ihrem BMW eingeschlossen?
(203): ... woher weißt du das?

Delaware

(215): Bin in einer Bar, in der drei Frauen in Hotpants über Techniken und erforderliche Fähigkeiten diskutieren, um Ziegen in den Griff zu kriegen. Bin im tiefsten Delaware angekommen.

DC (Washington, D.C.)

(202): Samstag hab ich noch einen feuchten Furz auf den Hund meiner Mitbewohner abgelassen. Heute hab ich die Unbedenklichkeitsprüfung bestanden, um für eine der angesehensten und geheimnisvollsten Regierungsbehörden der Vereinigten Staaten arbeiten zu können.
(703): Das ist eben der Amerikanische Traum.

....

Florida

(407): Du bist der einzige Mensch, der eine Lieblingsbar in Disneyworld hat.

....

Georgia

(484): Ich war an einer Tankstelle, die Elektroschocker verkauft, und hab gerade ein Reklameschild gesehen, auf dem zu lesen war, »Stripperinnen – müssen wir noch mehr sagen?« Gott, ich liebe Georgia!

....

Hawaii

(312): Wie zum Teufel haben wir Hawaii gefunden und es dann auch noch geschafft, es zu einem Bundesstaat zu machen?

....

Idaho

(303): Wie ist Idaho?

(720): Fett.

Illinois

(847): Will dir nur mitteilen, dass ich, val und amanda auf einem hügel sitzen, alkohol trinken und auf die skyline von chicago schauen. wir trinken icehouse-bier und haben gerade in aller öffentlichkeit gepinkelt.

Indiana

(502): Brauchst du in Indiana irgendwas?

(502): Vielleicht ein bisschen Meth?

Iowa

(952): Ich sah ein Hinweisschild, auf dem stand: Größte Bratpfanne der Welt nächste Ausfahrt. So leistest du deinen beschissenen Anteil, Iowa.

Kalifornien

(760): ich bin ziemlich sicher, dass der penis des teufels die umrisse von kalifornien hat.

....

Kansas

(678): Hab ich grad auf dem Flughafen Wichita mitgehört: »Für 'nen Liter Bier würd' ich meine Eierstöcke hergeben«

(770): Das ist Kansas ...

....

Kentucky

(513): hab gerade bei einem karaoke-wettbewerb einen 100 dollar einkaufsgutschein für walmart gewonnen ... ich liebe kentucky.

....

Maine

(207): Im Einkaufszentrum spielen sie einen bescheuerten Country-Mix von Lady Marmalade.

(207): Willkommen in Maine.

Maryland

(202): Ich bin offensichtlich in Rockville, Maryland. Hab gerade meine Kartoffelrösti, die ich auf einem Safeway-Parkplatz als Mittagsimbiss gegessen hatte. Dann hab ich ’ne Pizza bestellt. Pepperoni und Ananas. Ich sitze auf dem Parkplatz neben meiner Kotze und warte auf meine Pizza. Oh Gott. Jemand hat mir eben eine Oxycontin-Tablette gegeben. Kannst du mich abholen kommen? Ich habe Schiss.

Massachussetts

(401): wie kommt es, dass boston so geil ist und der rest von massachussetts so langweilig?

(617): wie kommt es, dass du meinst, »geil« sei immer noch eine angemessene umschreibung?

Michigan

(616): GM hat Konkurs angemeldet, die Autohäuser sind alle geschlossen, es ist Juni, ich hab Jeans und ein Sweatshirt an und mir ist kalt. Aus welchem Grund sollte man in diesem Staat überhaupt noch leben?

················

Minnesota

(703): Beim Tanzen war's nicht ganz so gut, wie ich's mir erhofft hatte.

(1-703): Na ja, sind alles Weiße UND aus Minnesota ... Die haben's halt mit dem versucht, was sie hatten.

················

Mississippi

(540): hab auf einem anhänger, der nach hause fuhr, ein schild gesehen, auf dem stand: »ich bin schön, single und erschwinglich!« Gott, ich werd' mississippi vermissen!

················

Missouri

(805): bei der bar heut abend musste man an der tür klingeln, um reinzukommen, und letzte nacht hab ich gesehen, wie meine nachbarn auf ihrem balkon fickten, sie war gekleidet wie eine krankenschwester. So schlecht ist missouri gar nicht ...

Montana

(406): Nur in Montana findet man Jauche-entsorgungsbetriebe, die an den Seiten eines Lastwagens mit »Christliches Unternehmen, von Christen betrieben« werben. Seltsamerweise werde ich diesen Staat vermissen.

Nebraska

(402): hab gerade gesehen, wie ein mann die künstlichen palmen im einkaufszentrum abstaubte.
(402): ... willkommen in nebraska.

Nevada

(416): Alter, du musst mir bitte einen Gefallen tun.
(416): Googel »Annulierung« und schick mir alles, was du findest.

....

New Hampshire

(603): New Hampshire hat billigen Alkohol zu bieten, Hockey und sieht aus, als würde es mit Vermont die 69er-Stellung machen ... yeah, das ist so ziemlich alles.

....

New Jersey

(484): Jersey ... die Einstiegsdroge für Amerika.

....

New Mexico

(832): In New Mexico gibt's so viele Mexikaner, dass die sich IHREN Rasen von Weißen schneiden lassen.

....

New York

(631): Pinkle gerade auf dem Klo der Penn-Station und der Obdachlose neben mir kämmt sich seinen Bart mit 'ner Gabel zurecht ... Gott, ich liebe New York.

....

North Carolina

(336): Wenn an diesem Ort Wunschkinder produziert werden würden, dann kämen sie mit Lilly-Pulitzer-Klamotten und hochgradig kokainsüchtig auf die Welt.

....

North Dakota

(701): Ich langweile mich auf der Arbeit zu Tode.

(215): Du arbeitest für eine Firma, die Leute über North Dakota informiert ... was hast du denn bloß erwartet?

....

Ohio

(724): Ohio: wie ein vorpubertäres Mädchen: Flachbrusig und nicht in der Lage, Sehnsüchte zu erfüllen.

················

Oklahoma

(405): Gleich kommt eine Kundin zu mir rein und jemand hat notiert, dass sie eine Frisur wie Elisabeth Hasselback auf *The View* haben will.

(1-405): Ein bisschen Oklahoma für dich.

················

Oregon

(415): also in oregon bist du, wenn dir ein bulle sagt, dass du deine bierbüchsen mitnehmen sollst, damit du sie recyceln kannst, nachdem er dich aufgefordert hat, sie auszuleeren.

················

Pennsylvania

(717): Ich musste am Morgen danach barfuß über eine Schotterstraße nach Hause laufen. Ich liebe es, im ländlichen Pennsylvania von jemandem abgeschleppt zu werden.

Rhode Island

(412): In Rhode Island kannst du mit 16 strippen, sofern du um 23.30 Uhr zu Hause bist.

(401): Ich liebe meinen Heimatstaat.

South Carolina

(845): Hab gerade eine Tankstelle gesehen, die vernagelt und in einen Strip-Club umgewandelt wurde ... South Carolina erscheint mir langsam liebenswert.

South Dakota

(605): Ich schleppe meinen Bruder gerade mit einem 60 Jahre alten Traktor ab. Wir nehmen die ganze Breite des Highways in Anspruch und niemand regt sich auf. Ich liebe South Dakota.

Tennessee

(801): Ja, Mann, dieser Ort ist surreal!

(731): Mann, ich bin aus Tennessee. Was, verdammt, ist surreal?

....

Texas

(518): in texas ist alles größer. auch mein alkoholproblem.

....

Utah

(619): Umzug nach Utah: Hab den Alkohol leid und vermiss' meine Frau.

....

Vermont

(207): Auf dem Nummernschild von Vermont sollte stehen »So sollte das Leben sein«. In Maine gibt's nicht so viel Marihuana!

....

Virginia

(703): Hab gerade bei einem Walmart angehalten, um pinkeln zu gehen. Neben dem Pinkelbecken steht eine leere Heineken-Flasche. Virginia bleibt seinem Stil treu.

Washington

(206): Ich glaub', wir sollten dem »Walk of Shame«[32] den Begriff »Drive of Shame« im Wörterbuch der Umgangssprache hinzufügen. Dazu gehört ein Sprint zu deinem Auto in seiner Unterhose und seinem Hemd, der verstohlene Versuch, sich den BH an roten Ampeln anzulegen, ohne die Aufmerksamkeit der Autofahrer neben dir zu erregen, und das Lauern im Auto einen Block von zu Hause entfernt, um abzuwarten, dass dein Mitbewohner sich auf den Weg zur Arbeit macht.

West Virginia

(304): der andere rettungsschwimmer und ich beratschlagen gerade, ob wir ein kind dafür bezahlen, in den pool zu kacken.

Wisconsin

(920): Alter, trag 'nen echten Packer[33]-Helm, 'ne Packer-Jacke, Packer-Clogs und fahre Harley. Ich liebe Wisconsin.

---

32 Der »Walk of Shame« bezeichnet üblicherweise die Situation, wenn man nach einem One-Night-Stand am nächsten Morgen gezwungen ist, sich ungeduscht und in den Klamotten vom Vorabend auf den Nachhauseweg zu machen.

33 Green Bay Packers sind ein Football-Team aus Wisconsin, Anm. d. Übers.

Wyoming

(973): Hab grad gesehen wie einer, der auf 'nem Pferd ritt, ins Röhrchen pusten musste ... Ich liebe Wyoming.

THX:
DANK-
SAGUNGEN

. . . .

LL:

Dank an: Brandon, Patrick, Erin, Philip Bobby.
Entschuldigung an: Meine Eltern.

. . . .

BB:

Mum und Dad. Meinem Bruder, Robert Billions und seinem persönlichen Assistenten Philip Bobby. Lauren, Mark, Ryan, Brandon, David und Todd. ESK und 8449 für die Versorgung meines Büros an der Westküste. Erin und Patrick dafür, dass sie Bücher über Sachen machen, die schon im Internet auftauchen. Dem Internet, das den Leuten ermöglicht zu denken, Lauren und ich seien ulkig.

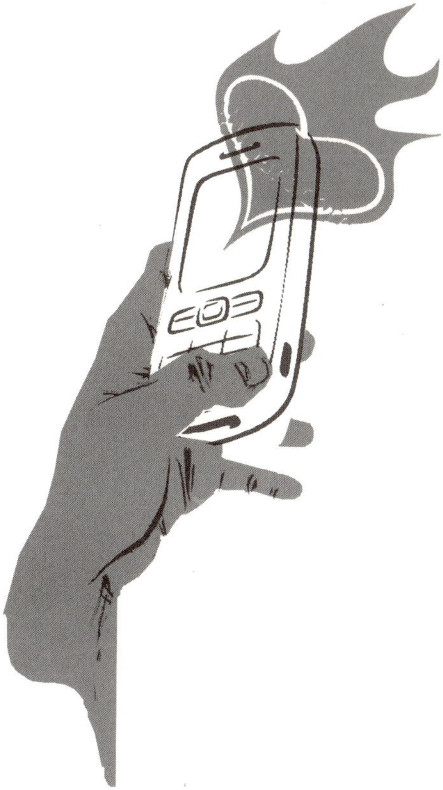

208 Seiten
Preis: 8,99 € (D) | 9,30 € (A)
ISBN 978-3-86883-201-3

Marjanovic | Iber

GEADDET, GEPOSTET, WEBFAIL

Die peinlichsten und lustigsten Facebook-Einträge

Die Internetseite Webfail.at sowie die dazugehörige Facebook-Seite »Die peinlichsten und lustigsten FB Status Einträge & Fotos« sammeln witzige und peinliche Webfails und bringen damit Millionen Anhänger zum Lachen und Schmunzeln. Die 500 besten Fails – darunter viele unveröffentlichte – sind in diesem einzigartigen Buch versammelt.

riva

NUTELLA HAT LICHT-SCHUTZ- FAKTOR 9,7

Die volle Dosis unnützes Wissen

Mit zugehaltener Nase kann man nicht summen.

Kellnerinnen erhalten in der Woche, in der sie ihren Eisprung haben, mehr Trinkgeld als sonst.

Ameisen fallen immer nach rechts um, wenn sie vergiftet werden.

208 Seiten
Preis: 8,99 € (D) | 9,30 € (A)
ISBN 978-3-86883-201-3

Diese und über 2000 weitere unglaubliche, spannende und skurrile Fakten aus allen Bereichen des Lebens beinhaltet dieses Buch. Zusammengestellt wurden sie auf der großen Facebook-Seite »Unnützes Wissen«, die täglich Tausende Fans begeistert.

riva